中国书籍文学馆·散文苑

遥知不是雪

梅　子 著

中国书籍出版社
China Book Press

图书在版编目（CIP）数据

遥知不是雪 / 梅子著 . —北京：中国书籍出版社，2017.6
ISBN 978-7-5068-6207-3

Ⅰ.①遥… Ⅱ.①梅… Ⅲ.①散文集—中国—当代Ⅳ.① I267

中国版本图书馆 CIP 数据核字（2017）第 128551 号

遥知不是雪

梅子 著

图书策划	牛 超 崔付建
责任编辑	王逸群 牛 超
责任印制	孙马飞 马 芝
出版发行	中国书籍出版社
地 址	北京市丰台区三路居路 97 号（邮编：100073）
电 话	（010）52257143（总编室）（010）52257140（发行部）
电子邮箱	eo@chinabp.com.cn
经 销	全国新华书店
印 刷	三河市华东印刷有限公司
开 本	650 毫米 ×940 毫米 1/16
字 数	300 千字
印 张	18.25
版 次	2017 年 9 月第 1 版 2017 年 9 月第 1 次印刷
书 号	ISBN 978-7-5068-6207-3
定 价	45.00 元

版权所有 翻印必究

序

李敬泽

"中国书籍文学馆",这听上去像一个场所,在我的想象中,这个场所向所有爱书、爱文学的人开放,不管是白天还是夜晚,人们都可以在这里无所顾忌地读书——"文革"时有一论断叫做"读书无用论",说的是,上学读书皆于人生无益,有那工夫不如做工种地闹革命,这当然是坑死人的谬论。但说到读文学书,我也是主张"读书无用"的,读一本小说、一本诗,肯定是无法经世致用,若先存了一个要有用的心思,那不如不读,免得耽误了自己工夫,还把人家好好的小说、诗给读歪了。怀无用之心,方能读出文学之真趣,文学并不应许任何可以落实的利益,它所能予人的,不过是此心的宽敞、丰富。

实则,"中国书籍文学馆"并非一个场所,它是一套中国当代文学、当代小说的大型丛书。按照规划,这套丛书将主要收录当代名家和一批不那么著名，但颇具实力的作家的长篇小说、中短篇小说集和散文集等。"中国书籍文学馆"收入这批名家和实力作家的作品，就好比一座厅堂架起四梁八柱，这套丛书因此有了规模气象。

现在要说的是"中国书籍文学馆"这批实力派作家，这些人我大多熟悉，有的还是多年朋友。从前他们是各不相干的人，现在，"中国书籍文学馆"把他们放在一起，看到这个名单我忽然觉得，放在一起是有道理的，而且这道理中也显出了编者的眼光和见识。

当代文学，特别是纯文学的传播生态，大抵集中在两端：一端是赫赫有名的名家，十几人而已；另一端则是"新锐"青年。评论界和媒体对这两端都有热情，很舍得言辞和篇幅。而两端之间就颇为寂寞，一批作家不青年了，离庞然大物也还有距离，他们写了很多年，还在继续写下去，处在最难将息的文学中年，他们未能充分地进入公众视野。

但此中确有高手。如果一个作家在青年时期未能引起注意，那么原因大抵有这么几条：

一、他确实没有才华。

二、他的才华需要较长时间凝聚成形，他真正重要的作品尚待写出。

三、他的才华还没有被充分领会。

四、他的运气不佳，或者，由于种种原因，他的写作生涯不够专注不够持续，以至于我们未能看见他、记住他。

也许还能列出几条，仅就这几条而言，除了第一条令人无话可说之外，其他三条都使我们有足够的理由对这些作家深怀期待。实际上，中国当代文学的丰富性、可能性和创造契机，相当程度上就沉着地蕴藏在这些作家的笔下。

这里的每一位作者都是值得关注、值得期待的。"中国书籍文学馆"收录展示这样一批作家，正体现了这套丛书的特色——它可能真的构成一个场所，在这个场所中，我们不仅鉴赏当代文学中那些最为引人注目的成果，而且，我们还怀着发现的惊喜，去寻访当代文学中那相对安静的区域，那里或许是曲径幽处，或许是别有洞天，或许是，众里寻他千百度，蓦然回首，那人却在，灯火阑珊处……

暗香（代序）

王　芳

　　一个人对于另一个人的意义有多大呢？或者说，一个人与另一个人的联结，组成了这个无常却有序的世界，他们之间的关系，形成了这世界的悲欢离合、爱恨情仇，其全部的意义都可在此中呈现吗？！

　　想想看，在这个茫无际涯的由人组成的海洋里，一个人与另一个人的相遇、相知、相惜、相守，有多难？对，它有多易，它就有多难。有时候，你在公共汽车上，挨挤着某个人，你们的汗水流到一起，你们吸着对方呼出的气，你们不经意地听见对方情绪自心底涌动……然而，一到站，你们汇到各自的生活里去，就像水蒸发到了空气里，很快忘了彼此；有时候，你在文字里游，一个词，一个句子或是一段话，挟着一种情绪呼啸而至，你惊喜莫名，仿佛见到隔世的自己，你回过头去翻看作者的名字，寻找他（她）的种种经历,只为久别重逢的相契,从此,那人的灵魂,便搭着文字的列车,一车厢一车厢地向你聚拢……

如此想来,若能在这个庞大复杂的系统中,透过人群这个遮蔽体,彼此嗅到灵魂的香味,该是一件多么令人欣慰的事!因此,在互相信任喜爱的人眼里,一个人对于另一个的意义,则是巨大无比的了!

梅子于我的意义正在于此。虽然我们从未谋面,但她灵魂的香味,如那墙角独自凌寒开放的梅花一般,从文字的白雪里渗出来,令人欢喜,令人安宁,也令人嗅到早春生机来到的讯息。她总是清清静静地写着属于自己的思考、体验,也不争,也不狂喜,也不深怨,但是,她的脆弱却坚强,安静却活泼,忧伤却快乐,正如梅花孤独,却有引出春天繁花盛开的气魄,时时处处,都是大气象。

与梅子拨开人群遇合,已经三年。此间交道,不过是偶尔聊天,说说心事,或者互相串串博客,看看文字,但往往能于无声处听惊雷,不言一字也能感受对方的欢喜哀愁。她有文字的洁癖,拒绝丑陋黑暗嘈杂喧嚣,也不愿多谈世间新闻政治,更不屑描绘家长里短琐碎烦心,她退守自己的心灵一隅,呈现美好安娴,淡泊宁静,思考人生世相,相比于那些愤然奔走,呼号于社会的文学家,她似乎少了一份参与感,但世间女子本不适于为种种不公愤怒而面目狰狞,耕耘自己内心一片平和干净的土地,也未尝不是对外部的丑恶虚假予以坚定有力的抵抗。梅子曾在《浅笑,不争》一文中写出对鲁迅先生的敬重,在《向着远方,寻找自己》一文中,表述对真正的丈夫的崇仰,以及她的文章和微博对钱钟书夫人杨绛的钦服,对当代散文家中最具担当也很受争议的野夫先生的由衷赞述,无不明晰地表达了她对力与美有一种天生的爱与向往。

我们能通过文字认出对方,且是最真实的各自,这当然是人生之大幸事。如果有现实的扭结,这种相认会不会更有意思呢?去年暑假的一天清晨，属于梅子的那个电话号码终于响起了铃声，一直自称为姐姐甚至会托大卖老视我为"女儿"的她，声音清润婉转，像个女孩，几乎能令人听到江南的水汽！这世间的声响曾一度让我着迷，并且深具研究。她的声音让我确认，这个女子确乎是美的精灵！因为梅子，我曾在个人记录里写道："在这世间，我爱女子，甚于爱男人，女子缤纷如花，性情大有相异处，若我们愿意心盛梅香，满目河山，便处处是美。"

相知三年，终于等到梅子之文结集。对于我和所有懂她的朋友而言，这是一大盛事，而对于她的广大读者而言，能一品她自文字深处渗出的对高洁性情的热爱与执持，又何尝不是一大幸事！《遥知不是雪》，书名清新，光明，正如梅子一向给人的印象。书中文字，点滴皆来自梅子对生活最真实的感受，不为名利而写，自然就没有丝毫矫情，只为真性情而抒发，故而多能引起共鸣。

这八辑文字，让一个对一切旧物事怀有深情义、逐步走向内心安宁、爱每一寸时光、在亲人与爱人面前娇憨幸福、在文字深处自由游弋的女子，立体地多维地站在我们面前。她内心柔软，宽厚，会顺手捎带邻居家的垃圾下楼，会为学生的一次关爱感动流泪（《如此女子》），会为朋友写文只为让朋友开朗幸福（《关于幸福》《假如我有女儿》），也会为儿子老公而幽默一把（《你侬我侬》《老男人，我愿意为你数钱》）。对待一切，清高出尘可，快意恩仇亦可，绝不仅仅是只知望月流泪的弱女子，也不是安妮宝贝笔下三千五百米高峰上的鸢尾花，只容人仰视，我更愿意把她当作一朵梅花，一朵在寒冷的冬天静静开放的梅，清洁高贵，时时会有暗香浮动，尽管她其实是生在七月的一只蟹子（《把自己摆平》），"也许因为生在七月，我永远像一只胆小的蟹子，以一种永不松懈的机警和戒备，护卫着生命中那些醉心或碎心的细节，只一味地借一些极抽象的语言，极空灵的呼吸，去释放那些虚无飘渺的情绪，松懈那些积郁心底的情结"。巨蟹座的人注定恋家重情，梅花清冷安静，两相结合，形成了今天美丽的梅子，形成了《遥知不是雪》的开阔气象。读此集时我常放下文字，再次去想像这个丰富如斯的女子，审视自心，她的安静柔软，恬静宁谧，她的遗世自持，纤尘不染，她的不以物喜，不以己悲……我是断断做不来的。俗世红尘，万丈情缘，于我自然是割不断的联系，但谁又不向往她的那份真实的安静呢？

或者，还是应该再次走进她的文字吧。这样，我所有的对于她的欣赏，爱慕，皆可化作读者心间亦可流淌的清泉，而我所能感受到的暗暗浮动的灵魂之香，也能萦绕在读者的灵魂之中了——一个真正的写作者，既是向内的自我诉求，又何尝不是向外的自我追问？！遭遇相知的读者，该是作者多么大的幸福！

写此序时，我的脑海里总会浮现梅子在山寺静休时拍摄的一组猴儿相片：山顶上，猴妈妈怀里有两三个小猴，它们对着梅子的镜头狡黠一笑，眼睛里闪着灵光，远处的山有雾气弥漫，近处空气颜色淡蓝清朗。我想象着为这些猴儿驻足的梅子脸上浮起的浅浅的笑，这个在世间洁身自好翩然行走的女子，人人都说她形神皆似黛玉，我倒觉得，她脱了黛玉的酸苦悲愁，加了黛玉的聪慧才气，多情而不泛滥，善感而不自怜，自成派别，或谓为"梅子暗香"，方为熨帖！

（作者著有《彼岸风吹》《聆听遥远的呼吸》《故纸素心》）

目 录

第一辑 独 醉

"旧"情怀 / 002
漫步老街 / 005
黄昏印象 / 008
独舞黄昏 / 010
躲进冬天 / 013
心绪游秋 / 015
夜·酒·梅 / 017
最美丽的时光 / 020
节里节外 梦里梦外 / 022
冬夜絮语 / 026

第二辑 低 眉

浅笑，不争 / 032
原谅自己的低能 / 035

把自己摆平 / 038
转顾流年 / 041
不惑人生　阳光灿烂 / 043
如此女子 / 045
只在转念间 / 048
假如我有个女儿 / 051

第三辑　落　花

冬天的记忆 / 056
生命中；那些沉默的人 / 059
母亲的祝福 / 062
先生之缘 / 064
生命的颜色 / 067
水一样的日子 / 070
穿街而过的旧风衣 / 073
汉字里的泪光 / 075
乡间纪事 / 079
母亲在我身边 / 081

第四辑　深　爱

良月夜 / 084
相爱不易　相守很难 / 086
淡淡相知　默默相守 / 089

对视爱情 / 091
爱的姿势 / 094
老男人，我愿意为你数钱 / 096
公　公 / 100
泪 / 103
留恋厨房 / 105
妈妈，想你 / 108

第五辑　兰　心

从容而优雅地为师 / 112
抱持一颗进取心 / 116
那些不能忘怀的细节 / 119
孤独的高手 / 123
用爱和温暖守候着你 / 129
偷看一眼又何妨 / 134
孩子，应该拥有怎样的家教 / 137
多一点耐心　多一点爱心 / 142

第六辑　轻　歌

漫思留白 / 146
诗人，是一种气质 / 150
文字中的行走 / 153
闲说读书 / 156

转身之念 / 161
你和谁比 / 164
文字与自我 / 167
字里觅芳踪 / 171
慢慢走，欣赏啊 / 174
由《怀怀谦》想到的 / 176

第七辑　浅　笑

隐私及其他 / 180
说真话是要倒霉的 / 184
我就是我妈 / 187
小曦的狂言诈语 / 190
90后与60后的快乐生活 / 194
一路笑语 / 198
梅子的谬论 / 200
梅子的逗生活 / 203

第八辑　夜　读

恒俭先生印象 / 208
初识陈武 / 212
拥一本暖书，独醉 / 217
简淡的文字　恬淡的人生 / 223
在局限与可爱之间 / 233

渡过平静的忧思 / 241
与牡丹的相逢 / 248

附　录

简单生活，梅香馥郁 / 254
与自己讲和 / 257
岁月里，那些人那些事（节录）/ 260
美丽的相遇 / 262
偶遇梅子 / 265
亦弱亦强马玉梅 / 267

第一辑

独　醉

"旧"情怀

杜鹃在窗前盛开的那天清晨,先生别我远行。

旅居武汉的一个夜晚,先生避开一场酒宴,独自流连了一家旧书店,为我淘了两本书:余秋雨的《山居笔记》,还有一本《世界美文精品》。先生很抱歉地说:旧的。

感激先生对我的用心,很真诚地对他说:旧的,我也喜欢。

因为它已经不仅仅承载了为文者的思想,也承载了书的旧主人一段远去的岁月。

我喜欢。喜欢那一个"旧"字。喜欢在"旧"中怀想。

由此,类似"故人""旧居""老家""前尘往事"等等那些深藏着远年情怀和经历的词语,总是能够轻而易举地温暖和打动我的心扉,令我在宁静的夜晚无言怀想,甚至泪流满面。

诗人说:怀旧,是一种无法松懈的情结。

是的。随着光阴的流逝,步入中年的我,在越来越深刻地体味着这种日渐浓郁的情绪。

它似乎越来越敏感和脆弱,总在不经意的轻轻的一触中,便不可遏止地从心灵深处腾起，瞬时如烟氤氲，迷漫灵魂的每一个空间。

梅季开始的一个雨天，我和一位同事小妹 lily 骑车并行至十字路口，分别的时候，她叮嘱我："人多车多，又下雨，你千万要小心！瞧你，总是让人不放心！"她小我好多，这句叮咛本应调换一下角色才合情合理。迷蒙的雨中，我拉下头盔的面罩，泪水扑簌簌一串一串滑下来。生活在这个离开先生的陌生地，一句关切的叮咛，霍然让我心暖心酸，所有笑容背后的脆弱，似乎就在泪水滑落的瞬间找到了亲人的肩膀，所有的思念，所有的支撑，所有旧时相依相偎的温暖，都忽然如同这迷蒙的雨雾，从岁月的深处浮游着扑面而来，让我产生一种全线崩溃的冲动，和一醉解千愁的颓然……

夜阑更深，独立窗前，星空天鹅绒的蓝，总让我想起读书时代的碎花衣衫。便会寂然缓缓来到衣橱前，打开橱门儿，信手从深处取出某一件，端庄安详地站在镜子前，轻轻比划，贴在怀间。忽忽奔去的岁月，就在这轻轻一比里，訇然流转！淡淡的辛酸和温暖，浅浅涌上眉间，有盈盈的泪光，在浅笑的眼中打着旋儿。时光啊，披沙拣金，走过它青葱繁茂的时节，却只是从中萃取了那抹淡淡的哀婉，沧桑在我的眼角眉梢。

点点滴滴，总是不经意触动易感的神经。一沓早已发黄的恋爱季节的情书，一只静默于书桌抽屉深处的墨蝉，一摞尘封的纸质日记，寂寞吊着点滴时一个问候的短信……都可能让我想起那些沉潜、密集、生动的日子，想起远走他乡漂泊异地的故人，想起一路上的磕磕绊绊、风风雨雨、笑泪悲欢……都会那样自然而然地忆起旧时旧事旧情怀。回访旧时光阴，心，就那样自然而然地陷入了一种深情而悠长的沉湎。

每次参观名人旧居，无语将面颊贴在古朴的雕花屏风，总是能真切地听见遥远的岁月深处，回荡着孩提时代的欢声笑语、少年灯下的琅琅读诵，青年月下的喁喁哝哝……

曾经突发奇想，如果我成长在旧时，生为一家当铺老板的女儿，那来来往往的当客，那桩桩件件的当品，是否会在我的拟想中、我的竹笔下，演绎为一季季繁华与没落的事业春秋，演绎为一部部回肠荡气的爱情长卷……一座古老的当铺里，该会隐藏着多少鲜为人知的动人故事！而那里最为浓郁的气息，于我而言，就是一个"旧"字！

今夜，好安宁，如同一颗倾情流泪后的心，静如止水。

凝视柔和的灯光下先生熟睡的面容，我心忽如夜心。

先生总是在天涯社区畅游，他已经几次诱惑我：天涯的空间更广阔，有好多适合你的版块，不如一起去天涯吧？我总是不假思索地摇摇头：不，不去。我还是喜欢老地方。

此刻，手执旧书，轻轻摩挲，无意识地猜想，旧主人会是谁？一位白发老者？一位白领丽人？还是一位忙里偷闲挑灯夜读的打工青年？或者就是如我这样一位柴米油盐五谷杂粮的俗世女子？

旧，真好！不生硬，不冰冷。它可以抚慰繁华都市的寂寞伤痕，可以复归茫茫人海中走失的灵魂；你可以牵着它的手，循着来时路，顺利回到温暖的精神家园！

张开五指，覆在书面上，那股旧的气息顺着掌心流进了我的心里。

罢了，收住信马由缰的思绪，在这个寂静的子夜，嗅着旧书散发的特有的气息，于宁和的灯光里，平静开卷。

漫步老街

一如往昔，斜阳漫过老街。

换上一条棉布长裙，一双平底凉鞋，缓步下楼，再约黄昏。

今天是个特别的日子——我整整四十岁了。而在十八年前的今天，也正是我儿小曦降落人间的日子。于是他成了我那一年最美好的生日礼物。

先生说我一直是个注重仪式的人。

的确。即便是吃咸菜喝粥，我也希望能够和至爱的人一起，燃起一柱温馨的烛，端庄的坐在餐桌前，吃出一份清贫的优雅和沉静的幸福。

至今积习不改。一打百合花和一只滋补的老母鸡，我仍旧会毫不犹豫地选择前者。如果必须，我宁愿每天喝粥，看一打百合花绽放七天。

在这样一个日子里，漫步黄昏，回溯四十年的岁月，也算是一种纪念，一种仪式吧。

两年来，我几乎没能像今天这样，拥一怀闲适的心情在这条老街上从容漫步了。

雨后的空气很清新。

沉浸于黄昏特有的温情里，看法桐树浓密的叶子在微风里轻轻涌动。我总能于这老街，邂逅昔日某一位熟悉而又陌生的经典女子，她让我想起了一些美好的身影。我不知道她们的名字，住在哪儿，从事什么职业，只是常常看到她们清清朗朗、面若荻花，从容而优雅地往返成这老街上流动的风景。我和老街共同见证了风雨如何荡涤了一季青葱的岁月。在那穿街而过的背影里，我遥望杳然长逝的青春年华，心中蓦然掠过的，是明媚的忧伤和冷静的失落：彼流光兮，谁可与之匹敌？彼美人兮，谁共伊人老珠黄！

转眼四十载！那又是谁，孑然于深深浅浅的岁月的皱褶里，浮一抹"微风飘轻岚"的浅笑，怀一腔"独钓寒江雪"的孤绝，渐行渐远！

竟有一丝疼痛划过心头。

垂首低眉。无数的意念在心中纷飞。像自由的夜风。又像脉脉的涌泉。然而，我却什么都不想说。我知道，生活中有些东西珍藏在灵魂的深处，便是一种丰盈、真实、深刻，说出来，反而轻了、淡了，空了。

苍茫的暮色中，抱臂款步于这老街，许多往事在岁月的深处起舞。

风息了。树，默立着。仰视、凝思。将自己置入四十年的岁月长河中细细审视，与其说是岁月的洪流裹挟着我前行，倒不如说生命宛如一株静默的树，听凭岁月永不止息地穿我而过。它携着爱情、幸福、美好的际遇，深情的滋养着我；也携着烦忧、困苦、艰难的跋涉，无情地砥砺着我。我只是静静地站着，努力地生长着，看万木荣荣枯枯，看快乐停停走走，看朋友去去留留。内心的倔强和矜持，注定了我不会移步去追，也不会伸手挽留。不担心失去什么，也不担心错过什么。我坚信,是我的,终究会挂满我的枝梢。

听其自然,随遇随缘,永远好过患得患失,费尽心机。

还是史铁生说得好:放下占有的欲望,执着于行走的努力。

想起《银楼金粉》的片尾。秀杏告别大奶奶,告别过去,淡淡一笑,释然转身。画外音响起:笑也轻微,痛也轻微。

生老病死,相聚分离。

身不由己,心不由己。

这画面让我感动。人生的舞台上,谁不是主角,谁又不是观众!对于一位不惑之年的女子而言,坚强,不再是一种外在的生硬的姿态;放下,不再是自我暗示的"豪言壮语"。一叹:名利得失、恩怨情仇,一旦真真地放下,即便穿梭于万丈红尘,心,又怎不沉静如佛。

黄昏印象

我已经很久很久不在黄昏时写字。

融融黄昏，总是唤起人心深处的脆弱。

尤其是晚霞将尽、暮色四合的时分，更易无端招惹闲愁。

因此，在这个是非时段，我是断不肯在键盘上行走的。绝不让自己在这样容易暧昧的时分，留下一些暧昧的痕迹。

记得童年的黄昏，我总是坐在院门前，看着霞光一点一点消融，暮色一点一点地浓重，听着呱呱的鸭鸣，等着母亲从田间归来的足音。那时门前的草垛，历经风雨，显得苍老而朴素，极似画家笔下一幅随意的速写。矮小的房子，每一个窗户都变得黑洞洞的，像神秘的眼，使我失去了推门而入的勇气。三五只鸡，相继跳到院子角落的矮树上，相互依偎着，让我想起降霜的夜晚，母亲披在我瘦小的身体上的温暖的夹衣。栏内的猪也哄哄地叫着，它们应和我的心情，盼着母亲的身影早一点出现在我们的视野。

每天母亲裹着暮色回来，我都会忍不住跑过去，贴紧母亲的臂膀，悄悄掉两颗泪珠。母亲一到家，房内的灯就会亮起来，我的心里便也随之亮起来。所以，我一直都感谢母亲，因为母亲总是能赶走黄昏和暮色，让我的心进入夜一样的甜蜜和安宁。

无论如何，我还是很怕想起那时那地那片暮色中所有的那些景物，似乎他们早已经在特定的情境里染上了特定的色彩，就连那时的每一柱炊烟，也无一例外地在我的记忆里袅娜成无处不在的哀愁。

后来，我长大了，有了自己爱的人，于是我选择黄昏用文字为他歌唱。每当晚霞满天，下班归来，我总是独坐书房，柔肠百转，淋一背余晖，展笺絮絮而语，尽倾爱与相思。如今复读往日的抒写，竟然那么多篇目有着雷同的开头："又是黄昏……"也许正是因为黄昏太易让心柔软，让那些诉说也沾满黄昏的缱绻缠绵，使得先生对我怜爱有加，如同养一只咪咪，一腻就腻下了十几年。

已是人到中年，对于黄昏与暮色，似乎在淡淡的薄愁之外，多了几分沉湎和眷恋。

每到黄昏，依旧心软。静静临窗而立，斜阳深处，总会飘飞着一些温暖的笑容，喧闹着一些温暖的细节，流动着一些温暖的文字……旧时旧事簇拥着故人，无声地渐渐推至记忆的幕前……偶尔唤起一丝表达的冲动，于是迟疑地打开手机，逐个翻阅那些安睡的名字，终至理智的轻触"返回"，果断掩起你久久凝视的那一个，独自释然迈进流淌的暮霭之中……

在这样的时段，我不肯写字。

大多选择捧一卷自己心爱的散文，或是在漫步途中与先生煲电话粥，再或就是坐在广场上看鸽子。看那些纯洁安详的生命，在木房顶凝神儿，或是在地面上踱步。听一片"咕咕"的声音，如何啄碎黄昏的孤寂。

就这样，在黄昏暮色里，放任思绪与鸽子一起，停停飞飞。

独舞黄昏

霞光西流，黄昏遍染。

独坐故地西窗。

窗下的白杨树在风中飒飒而歌，愉悦而明亮。

心绪，伴着纤柔细碎的吊兰花，在斜阳中闲闲地开。

脚下的地板无限延展，四壁幻化成风。而自己，也恍惚一位舞者，于静谧中缓缓踮脚，舒腰，展臂，在这高悬而又无比宽大的平台上，开始起舞。孑然。入情。

许多年来，早已经习惯了，在这间书房里，在这涂满余晖的时分，任十指答答驰过键盘，一路逶迤着生命的章章节节。或者就像此刻，端然静坐，任灵魂恣情独舞，汗湿心扉。

六月中旬，南国一位很纯粹的女子将一本瑜珈的书推荐给我。读了。它让我获得了一份难得的心静，尤其喜欢了译序中这样一个句子："闭起你的眼睛，向内走……走进那没有杂质的纯然喜乐；睁开眼睛，向外走……走进那没有杂质的爱。"它足以让我的灵魂在如染的黄昏中，沐风而醉，而舞，而超脱。

不满一年的时间，几经生死别离，令我愈发地安静少言。一直活在无微不至的关怀与呵护中的我，对于家和爱，忽然有了一种强烈的担当欲望，生活的质感变得触手可及。这让我的内心沉静、安定而又有力。

一位20年前的同窗也如身边的一些朋友那样，喜欢来我的文字小园闲步。六月一度偶逢，于是园内有了留言："你丝毫都没有变。你对人要求太高，让我感到战栗，终不敢轻易相扰。"

忘年之交孙星涵女士看了我新浪的图片，发来短信："你的居室就像你的人，纤尘不染，拒人于千里之外。"

平静无语。低眉摊开掌心，看山山水水，清清朗朗。从来无心苛求于谁，只是对自己要求甚严，始终决然地拒绝着我的拒绝。这，倒是真的。

生活，一直如此。安静地做事，淡淡地微笑。工作地的几经变换辗转，也是来去悄然，避尽暄寒。即便读文，也始终如一地偏爱着那些词淡意深的句子，于三分的表达里体味十分的蕴蓄，于轻描淡写背后体味万千悲喜辛酸。有时，一些文字让我临屏而生切肤的痛或是碎心的醉，却已习惯了咽下咸涩，缄口不语。总是这样一个淡淡的人，淡到不肯多出一言。——今生能够让我喋喋不休的因素少之又少，且无比珍惜。

回顾少不经事的岁月，心高气傲的我总是以无声的文字或种种姿态，张扬着自己的个性，绷紧的神经日日散化着有限的生命力，今天想来，何其浮嚣与疲惫，不禁有些羞愧。

流年似水，而我，宛如一粒石子，在昼夜不息的缓柔而有力的磨洗中，渐渐圆润。心，越来越贴近生活的内核。一些人一些事一些文字，离我似乎更远了。越来越爱读董桥，张炜，越来越爱读林语堂，季羡林，史铁生……言语少了，锋芒少了，抱怨少了，值得责备的人少了。包容多了，温暖多了，努力多了，想要感谢的人多了,思念母亲的时候多了,像此刻这样心灵独舞的时候多了……

书中说,你的欲望创造了未来,你的回忆创造了过去。我喜欢"创造"这个词,尤其是用它来"创造"过去。这样的创造是一种多么美好的精神活动!它让我想起了过去曾经写下的句子:"无数次的,对往事的抚摸中,渐渐成熟的心,有意无意地、合情合理地诠释和完美了每一段行程中的缺憾。"当缺憾也变得动人,那原本美好的,就足以令人沉醉了。

此刻,我的确有点醉,也有点累了。渐渐慢下心灵的舞步,轻纱般平落在地板上,一个声音说:闭起你的眼睛,向内走……

四肢舒展。你听,白云在流动,无数的百合花正在黄昏温暖的余晖里冉冉绽放……

躲进冬天

冬天真的来了！

当我将双手悬在键盘之上，滴答敲下"冬天"两个字的时候，我想起了朋友说的话：冬天不适合你，太冷。你总是在冬天突然消失，"才思"也戛然断流。

我傻笑。是的，生来柔弱，本该依恋四季如春的江南，可是我却任性地喜欢了北方冰天雪地的严冬。就是喜欢。喜欢他的酷寒。喜欢他的萧索。喜欢他的苍茫。喜欢他那一片尘埃落定的冷静与阅尽世事的淡然。

我喜欢躲进冬天。躲进深冬清寒彻骨的夜。

深冬的夜，悠长而安逸。疏星淡月，树影斑驳。窗外呵气成雾，街巷人影寥落，室内一尘不染，碟中檀香袅袅，空灵缥缈的《初雪》似有若无地流淌。我喜欢这样的夜晚。干爽舒适的棉睡衣宽松地包住单薄的肢体，捧一杯滚烫的花茶，立于阳台的窗前，轻啜慢饮。轻轻举起一根儿细长的指头，缓缓的，在开满冰花的玻璃上画出一小片透明的夜，看路灯彼此深情相视、心事相融，在月光下从容绽放。这时，你可以穿越寒冷的时空，遥想乡间安详的灯光里安详的母亲，遥想一望无际的田野中快乐生长的麦苗，也可以遥想大森林树洞中幸福的松鼠，遥想俄罗斯火热的壁炉前读书的男女老幼……或者闭了满室的窗帘，将万千肃杀绝然关在窗外，欣然赖进松软的床，拥被夜读，让午夜的心情在文字的浸润中温暖如春。

有雪的夜，便是绝美。窗外柔柔的灯光里，漫天飘飞的雪花，无声无息，如蝶曼舞。于是，思绪与雪花一起，默默在无底的夜空中喧闹。当夜渐渐地滑进深处，万物都微笑着在厚厚的白雪下睡着了。漫漫流淌着的《初雪》变得异常地清晰。万籁俱寂，琴音点点敲在心上，一份难以言说的灵动和悠远便静静漫过生命的河床……雪，在静静地飘舞，音乐，在漫漫地流淌，心，也渐渐地醉了……

哲人说，冬天是一个充满哲理的季节，我却只看见了梦和童话。

爱上春天，因为莺歌燕舞。爱上夏天，因为茂密浓深。爱上秋天，因为万山红遍、黄金铺地。可是，爱上冬天，真的不易。爱上冬天清寒彻骨的夜，似乎也不合情理。

可是我喜欢。那么喜欢。

他让万物安眠，却让记忆复苏。

他让万木萧索，却让心事繁荣。

我喜欢，躲进冬天的深处，听岁月的风雨，听自己的足音和心跳，然后，如痴如醉、无音无息地，笑。

诗人说，爱上冬天，才识真趣。我不说话，心里却不以为然。

或许，爱上冬天，或者别的什么季节，都是识趣，但绝不是真趣。我想，一个可以爱上晴天暖天，也可以爱上阴天雨天的人，可谓识真趣；一个可以爱上春天夏天，也可以爱上秋天冬天的人，可谓识真趣……总之，识得自然之趣，才谓识真趣。

每一个季节都是美丽的季节，每一个日子都是安宁的日子。

我躲进冬天，躲进冬天的夜，在温暖安详的灯光下，如是想。

心绪游秋

又是夕照融融。

独坐西窗,细味秋日黄昏。

风过处,白杨沙沙的叶子在晚唱。

稀疏的阳光,更显秋意已浓。人们常说,这是一个黄金染透的季节,我却觉得那味道太过酽酽、沉重。在我的眼里,秋天,是属于水的。淡淡秋光之中,微风低徊,水波粼粼。最喜秋水伊人。素面古装的清爽弱女子。临水立,长发飘飞,宽袖双垂,裙裾曳地,清风细眼里,凉着暖春盛夏的情节。孤寂袅娜之态,写尽一个秋字。

诗人说,秋与愁,是一脉相承的。

我信了。斜阳里,有平淡纷飞。

曾经是这样的时节,永别了最关爱自己的老师;曾是这样的时节,远别了最关心自己的朋友;也曾是这样的时节,惜别了最难舍的胸怀。

这样的时节,这样的斜阳里,太多感触。只觉天阔海远,情倦云闲。

蓦然回首，时近不惑。心意阑珊处，独自伫立，任怀旧的心绪疯长。岁月飞逝的瞬间，总会在生命中留下或深或浅的划痕。有温馨的，也有冰透的；有宁静的喜悦，也有淡淡的忧伤……也许人对于伤怀的体验终归远远敏感于快乐，低调的日子，总会在静坐凝神的时分，在闲雨敲窗的时分，在更深夜阑的时分，在汗湿梦醒的时分，伴着滴滴答答的敲打，随着声声虫鸣的呼唤，悄悄牵手联袂，影入浮上心头的一片落寞。

记得一位年轻而优秀的写手曾在一篇文章中，适时且适境地引用了一句歌词——"快乐，停停走走"，细味之余，给我留下了很深的印象。是啊，快乐，总像履足于长长岁月的步伐，在生命中击打着或急或缓的节拍，谱写着或悲或喜的旋律，留下些许永远抹不去的痕迹。

快乐，停停走走；心情，沉沉浮浮。

庆幸的是，终究还是在走，沉后总还是浮。停留，是酝酿更稳步的迈出，沉下，是积蓄更高涨的浮起。正如这秋日黄昏中飘飞的落叶，深情的扑向大地，孕育的是来年的婆娑。

潮起潮落，秋去秋回，岁月的流转中，生生不息。

夜·酒·梅

当我穿着宽大的睡袍,在房间里走来走去,抬眼所见的,却只是壁镜中、每一面玻璃中的自己的影子,心里渐渐涌满甜蜜:一天的生活终于真正的开始了。

对着客厅的壁镜,握住法式排刷,让即将齐腰的长发自下而上的变得顺爽垂柔。头向后仰起,轻轻摇摆两下,每一面玻璃里,都会呈现你不同的侧面,和你一起摇摆的影子。无端地,心里就会冒出一个词:清汤挂面。

在转身、弯腰、抬头或是摆放物品的某一个瞬间,总是可以有意无意地看见额角在玻璃或是壁镜中发出点点晶莹的光芒,于是忍不住有瞬间的愣神和忧伤,我看见青春,在窗外纯黑的夜幕里,正微笑着一点一点后退。

黑夜就这样降临了。

我依恋黑夜,就像依恋孤独。

因为白天,静心聆听到的,都是肢体在繁忙中发出的声响,仓促、空洞,又乏味。夜晚,则大不相同,逐渐稀落的市声中,清晰起来的，是所有灵魂的轻轻呼吸。不论是甜蜜还是忧伤，你听，都是如此地饱满，自由，又深情。这才是真正的声音！

今夜有点冷。我只将阳台的窗开一条小缝儿，让风一缕一缕地扑进来，听她在这样的夜晚对我耳语。

斟一小杯干红，持于指间，缓缓轻摇，醒着她。我是不胜酒力的。也很怕酒。可是我喜欢红酒的色彩。尤其在这样的夜里。她很美。美得酡醺，美得颓废，甚至美得有些堕落。

坐在阳台的地砖上，仰视深远的夜空。夜好黑。微弱的星光似乎突然在子夜醒来，亮亮地眨着眼。

今天有媒体报道，南国正在举办梅花节。漫山遍野的梅花，恣情绽放。穿行于梅林，扑面而来的尽是梅的馨香，梅的清丽，和昨年深冬蕴藏的梅的心事。城里城外，到处是梅的眼，梅的影，梅的魂。这是梅的季节。季节，在做一个梅的专刊。传说，有一位深情的诗人，在这个季节，种了梅，画了梅，咏了梅。此后，一茬又一茬蓊郁的青春，在恋恋的红尘中花果飘零，终也没人能写出更美丽的诗行，那些曾经鲜活的句子，成了梅生命中的绝唱。我默默地想，这是怎样一个痴子。是否人们对于"深情"太过留恋，在这诗意的时节，注入了自己太多诗意的想象。

是的，我也是很爱梅的。一路走来，梅，始终独行于世外。她是酷爱安静的，于是选择了百花沉睡的时节。她是属于白雪的。也如同白雪，安静地来，安静地离开。

真的很佩服媒体人的笔力，穿越那些透明的文字，我竟不由自主地伸手，意欲轻掸，仿佛满肩满怀已是如雪的落梅。无声地笑了，举起的手停在半空，凉凉的风乘机从指缝间流过。

有微微的热，泛上双颊。一种熟睡般的放松。星更明了，夜更黑了。一种积蓄已久的情绪像一只成熟的鸡仔儿，破壳而出，就那样闪着全无心机的眼睛，湿湿地，鲜活地看着你。

卧室内，古筝曲《雪山春晓》依然在这安宁的子夜里演奏。

对着夜空，高高举起杯子，透过红酒浓重的色彩，我含笑了望南国这场美丽的盛事。

关于梅的盛事。

泪眼婆娑。

最美丽的时光

旧年最后一天。

天，大寒。

在我熟睡的时候，冰花爬满了卧室和阳台的玻璃。初露的微曦中闪烁着点点淡金的晶莹。

大清早，我假假地打开英语读本，心却飞进了漫无边际的岁月。

在这样的日子里，总觉得该对自己说点什么。说什么呢？翻开日记，心头涌动的尽是那些无法成行的意绪。

不知不觉间，我已经挥洒了"三打"岁月。这样的日子，滚滚红尘里，还能抓得住几"打"？踩片片落红而来，走向暮春。步步流连里，看青春滑脱的指尖瞬间淹没在飞逝的岁月深处。僵立在风中的双手，依然恋恋地保留着抓紧的姿势。

六岁的时候，我以为那是人生最美的时光。碎花棉袄上，布盘的纽扣总是诱发我太多的遐想。有一天，我冲下院门前的土堆，跟着邻家的孩子跑进了三年级的课堂。正在复习的语文老师塞给我半块粉笔头，让我把"将来"默写在土砌的桌面上。

十六岁的时候，我以为那是人生最美的日子，泪水剔透，忧伤也明媚。手捧一份青涩的萌动，突突的心跳里，惊惶甜蜜，羞涩如花红。

二十六岁的时候，我以为，这才是人生最美丽的光阴！会深深思索，有临风的从容，匆匆的步履明了奔去的方向，脉脉柔情倾注于照顾孩子的每一个细节，吱吱嘎嘎的粉笔在黑板上为理想歌唱，生命是一篇日渐丰满的散文，青春依然骄傲地写在亮晶晶的额头上。

明天，我将跨进三十六岁的门槛了，回首来时路，短短又长长。前尘往事里，看青春飞奔而过时不留神儿的擦痕。每一痕都依然是那样生动鲜活，遥望里，灿烂如花，嫣红暗涌。程程相继的美丽里，懂得了世上有甜蜜的落寞，有流泪的笑容，有刻骨铭心式的散淡，有大出宇宙的渺远。

世间的声音千千万万，最爱的也就是那一丝丝的震颤；潮涌而去的岁月里，千帆万帆，守候的也就是孤单单的那一片。

季节虽已走远，花事依旧灿烂。

我终于明白，最美的时光，原来只在召唤的前路。

节里节外　梦里梦外

1

旅居加州多年的朋友说,在我心里和生活里,没有,也从不需要"过年"。

我懂。

心里不禁有些疼。

我说,我也是。相交集的因素之外,还有一些别的因由。

于我而言,三百六十五个日子,不论忙或闲,忧或喜,总是默默将每一个日子过得用心而重要。到了普天同庆的日子,反觉欢喜成了一种惊扰。

二十一日,年假正式开始。先生和儿子出去购物,玩耍,我留在家里。看看实在也没有什么可做的,一切都在平日顺手做了,稍稍归置,便井然妥帖了。于是,大多躲在书房里,读读闲书,溜溜网,看看花,独赴清欢。

从来懒言，酷爱清静，甚至冷寂。人一多便手足无措，六神无主，坐立不得安宁。年长而愈甚。这缺点，自幼便得父母的包容与庇护，婚后幸得先生、公婆及所有家人的谅解。一直放心地幸福着。

2

喧嚣的日子里，愈是往边缘了避。

短信满天飞铃声响成雨的时刻，我静默无语。或专心于熨烫衣物整理寝饰，或安闲地翻翻《南风窗》《看天下》，漫漫浏览《三联生活周刊》，或者，索性一两个小时一动不动，读读旧时的日记，把自己安置在或清醒理性，或温情感性，或深挚怆然，或散淡恬静的文字之中，让一颗心以别样的宁和与安详，逆着徜徉而来的光阴，溯流而上，得一份潜于喧闹深处的沉静回溯与淡淡忧喜。

千般滋味，皆默默尽纳于心。

窃以为，不以自己的阴郁去影响别人，是一种善良，不以自己的欢乐去打扰别人，则是一种别样的大善了。

只想如此。自我而善良地活着。

子在川上曰："逝者如斯夫，不舍昼夜。"岁月滔滔，于尘世沧桑的阅读中，对于生命的思考愈发冷静。常常如一只贝壳，以坚硬和静默示人。偏安一隅，柔软的心却从不曾止息地体味着"他生"与"我生"的冷暖滋味。行文与为人，已然不能自已地多了二分理性的漠然与克制。总相信，于其后，同质的心灵定能洞悉一种深处的奔涌畅放，和对生命的一往情深。

懂的人，终会懂。

3

这一刻,星光正好。白百合一朵一朵在墨香里绽放。

怡然面窗而坐。

审视来时路,在心中,将弯处取直,在直处开花。油然想起那些给我搀扶与呵护的人,心里满满的皆是温暖和感激。虽不善言,却生就一颗敏感知恩的心。

将不多的朋友于深心里逐一想念。将至真至诚的祝福,默默放飞。我清晰地感应着,他们也正在或远或近的地方,和我做着同样的事。

以沉默,报答彼此的沉默。

不置一词,而心有灵犀。

4

或者,索性被干净地遗忘吧。

生于世,被人遗忘,总是一种潜意识里的愿望。

被人遗忘,最可得真颜面世。安全。自由。放松。坦然。

我曾对孩子们说,没有了我,对我最好的爱与报答,便是迅速地忘记我,接纳新的老师,适应新的生活,开始新的旅程。

也曾对爱人说,如果有一天我偷了懒,先你而别了这滋味深浓的尘世,就含笑化为尘。选一个荼蘼开尽的黄昏,放我于一脉清流,任我追落花而去,欣然迈上归程。

然后,忘了我。

5

今夜，我坐在这里玄想。

等我老了（如果能），就扔掉手机，电脑，钱，车，和房子，打包往事，和那些怆然而恬静的文字，去到一个有山有水浓绿掩映的村庄，住进一个朴素的小院儿。有简约的篱笆。有木格小窗。窗下有梅。一丛一丛的白玫瑰，倚篱笆怒放。

许多年后，这世上还有你不曾遗忘。徒步或驾车，裹一路风尘来看我。永远不需要电话预约，因为我每时每刻都在。与那些花，和那座旧房子。

每次，你轻叩柴扉，一位干瘦又干净的老太太就会走出来，平静地为你移开柴门。皱纹如织，鬓发丛芜。老迈而优雅。她指着洒了一道阳光的木桌，问你：茶？或咖啡？

又一天，你来了。门虚掩着。再没有人来为你开门。只有那些花，兀自快意地开在斜阳里。你毫无惊讶。平静而从容，学着她当年的样子，指着洒了一道阳光的木桌，轻声而温和地笑问：茶？或咖啡？

然后，你坐下来，自斟自饮。

然后，继续来。或不再来。

然后，记得我。或忘记我。

……

6

节里？节外？

梦里？梦外？

浅笑……

冬夜絮语

季节已经进入隆冬。

今冬,是近几年里最冷的一个冬天了。那天晨光四起的时候,我忽然发现楼下的河面结了薄冰,这久违了的封河,令我惊讶和兴奋。

每当酷寒和飞雪的日子,我总是异常地开心,睡得特别迟,起得特别早,早晚安步当车上下班。虽然每一个单程都需要 45 分钟,但是一点儿都不觉得累。清晨沐浴朝晖,夜晚欣赏霓虹下的街景。每每举首极目,真的觉得可以看见上帝不胜辽远却无比温暖的笑容。

行走之间,心,快乐得想要飞翔。

在我看来,冬天就是一位沧桑的父亲。他展示于我的只是威严冷峻的面容,但我知道,他是爱我的。他的心,拳拳而温暖。我早已经不再害怕,兀自躲进他的心窝里,尽情地徜徉、撒欢儿。

2009 年就这样开始了。在这个隆冬季节里。在我对往事的眷恋里。展开。

一如往日,我轻巧地迈步,继续下一个三百六十五日的度量。

夜虽未央，市声却已点点退尽。静得似乎可以听见楼下河面的冰层在增厚。索性关闭了音乐，只任一柱檀香在静夜里袅袅升腾。斟半杯葡萄酒，持于指间，缓缓，点点，细细品饮。异常地清洌、爽口。这是朋友的妻自酿的。牛乳般的灯光里，举起深茶色的葡萄酒，凝神。想象着这是怎样的一位妻。想象她洗、晾葡萄、榨汁过滤时的动作和神情。我想，那一定是一位妻、一位母亲、一位恬静的女子最美丽、最温情的姿态。这姿态令我沉醉和神往。我仿佛看到，她一粒一粒清洗葡萄的时候，心里已经涌满如酒的甘醇。

微微的醉意。

夜，变成了海。

我找到了悬浮的感觉。

于是思绪，信马由缰。过往的日子，在这寂静的夜晚，忽然散如飞花，沸沸扬扬，舞满记忆的天空。

一直是个喜欢在文字中行走着的女子。在别人的故事中旅行，在别处的风景里感动，然后，在寂静的午夜滴滴答答敲打自己的心情。

整整20年过去了。朋友说，新发了诗章，送与你读。我读后，静默无语。他说，这世上，你是它唯一的知音。我仍旧无语。只默默珍存了那些灵动的句子。也许，我的心并不在诗章，只是暗自慨叹：沉默的二十年啊，就这么轻轻地滑落了。——如同简约的家园中的那片玫瑰，将生命的高贵，淡然地，无音地，不动声色地，在秋风中点点交付。

在那些如花飘零的日子里，我是幸运的。

初遇《竹林木屋》，那些纯挚的情感、那些唯美浪漫的情节，那分对爱情和艺术的执着追寻，深深打动我心。她让我相信，爱情，可以天长地久，可以一生一世，可以来生来世。时间，莫奈其何！寂静的夜里，临屏泪水潸然，管束不住十指的翻飞，滑落万言，快意传达一位女子理想中的爱情童话。极为感性的文字有幸获得作者的首肯，有幸收入了新浪博客首页读书频道"深度阅读"栏目。这，对于我的文字之旅，是一种纪念，也是一次鼓励。

邂逅了《挑战婚姻》。她让我相信，我美满幸福的"城内"爱情真的触手可及、固若金汤。她让我相信，在这个真爱常常缺席的年代，唯美的童话也可以在滚滚红尘中倾情演绎。一直都在想，什么时候梳理思绪，写写那位美丽、知性、善良的妻？写写那位才华横溢、洒脱温情的个性的丰？时间总是如同思绪，被繁杂的事务割得零零碎碎，我只能在匆匆行走的日子，让那些丝丝缕缕的意念点点酝酿在深处。

捧读《男女那点事》，经典的语句俯拾皆是。亲近一位情感专家真诚而睿智的灵魂，目光拂过文字，总是让你沉思须臾，而后会心微笑。他教会我如何守住爱情，经营婚姻，做一个把握自己命运和情感的智慧女子。其实自作家开博之始，几乎每一篇文字早已细细研读，但一卷在手，灯下捧读的心情依旧是那么令自己愉悦和感动。

朋友说，人，因感性而可爱，因理性而生存。因此，如果说《竹林木屋》和《挑战婚姻》是一种倾向感性的唯美浪漫，那么《男女那点事》则是倾向于理性的现实冷静。理性而不失可爱地生活着，是我理想的生活状态。

我不是预言家，我不能得知这些作品是否会流传百世、炼为经典，我只知道，一个平凡女子的梦想，在这些文字中得以圆满。他们空前完美地契合了我对于天长地久的纯真幻想，对于幸福婚姻的美好期许，坚定了我行走时世的信念，让我的内心充满愉悦和欣慰。

新年临近的日子里，收到了朋友赠与我的藏头七绝，看到我的名字连同朋友的情义一并机巧地藏于游云山水之间，幸福得无言。

我知道，逝去的时光将雪藏我漂流于文字中的所有的思索与悟得，几年后、几十年后，它们便会如同这持于指间的佳酿，于时光的深处日益甘醇……

此刻，窗外凉月如眉。儿子已经熄灯掩卷。

我真的不想哭。可是泪水却恣意地奔涌，打湿这静夜里如痴如醉的笑容。

不是我太容易满足，生活实在太幸福。

岁月，折折转转中，心情，浅浅淡淡。早已经不再是浓情絮语的时节，只想安静地躲进红尘盛世的深处，拥着满怀的幸福，用轻描淡写的文字，将我对生命的一往情深，一带而过。

第二辑

低　眉

浅笑，不争

1

年假中，闲翻《凤凰周刊》，读到阎锡山。

1950年，"行政院长"阎锡山被迫提交辞呈。离职前的茶话会上，有人将老子《道德经》的"绝圣弃智，大盗乃止"送与阎锡山。阎意味深长地说："无珠宝而不争珠宝，不是不争，是无所争；有珠宝而不争，是自己心上无珠宝，才足为奇。人不侮辱你，你不和人争，不是不争，是无争；人侮辱你，你不和人争，才是不争。"

想开去。

阎语中，珠宝之"争"，是争夺，力求获得，是对物质的欲求。友人在越洋电话中对我提问：生命的必须是什么？脱口答曰：尊严，阳光，空气，粮食，水。友人开心地笑了。说，完全一致。其实，同质的灵魂，同样追求生命的清醒和简洁，答案自然也不谋而合。物欲横流，贵在不争。

受侮之"争",则为争辩,争论,是对名誉的清洗。对此,曾于过往掷下一些文字:真相就在每个人心中。可乱者,心愚,言而无用;不可乱者,心智,言而不必。——永远不为无谓的人,无谓的事,说多余的话。

明一法师说,每日三省己身,即使是无中生有的评头论足,也应有则改之、无则加勉。是非以不辩为解脱。

深以为然。挂在心上,行于足下。

得所当得,失所当失。低眉行路,浅笑不争。

此不争,缘自不必。

2

昔日寒山问拾得曰:世间谤我、欺我、辱我、笑我、轻我、贱我、恶我、骗我、如何处治乎?拾得云:只是忍他、让他、由他、避他、耐他、敬他、不要理他、再待几年你且看他。

诗僧简言厚涵,三句两句,便叫人心中敞亮,恍然有所悟得。他除了教拾得慈悲和隐忍,还有一层意思,便是把一切交付光阴。光阴走过,自然水落而石出。

年前,有人在博客里辱没鲁迅先生,朋友看了很气愤,便与之争,并拉我去围观,希望我能助阵。静静看了所有的回复,转身走开了。回到朋友的园子,留了条儿:泰山不会因为取下一捧土而降低了高度。先生是何人?几十年来,他一直活在世人无数的"新说谬说""正解误解"之中,然而,先生岿然屹立于时光的洪流,终不为所损。先生仍旧是先生,何须我等浅陋无知之辈徒然在先生的脚下聒噪,惹他老人家发笑。至于那些下作之徒,大可以不理,任其疯老自死。

老实承认,那时的我,虽示友以不争的胸怀,终究心气不平,大有"再待几年你且看他"的遥遥期盼，更有坐拥时光，静待其因果相报的不屑和幸灾乐祸。

今时再悟，寒山确是智慧：不争，把一切交付时间。只是，交出去便交出去了，"几年之后"又何必再看。

此不争，缘自不屑。

3

四年前，读统斌先生笔下的刘再复，至今记忆犹新：

> 他从不参与那种掺杂了许多人身攻击的非学术的争论，别人对他的无论"歌德"还是"缺德"，都不能左右他的心灵，都不能左右他的研究和创作。正如两位年轻的学者对他的评价："刘再复以他的不设防赢得了最大的设防。"

我复言，这世上有一种人、有一种精神，始终是以"我"的姿态坚定地直立行走着，无论时代的风云如何变幻，他依然本色，平和，淡定。穿越岁月的风雨尘埃，方可检验他历久不衰的生命力。磊落终会为磊落所朗照，善良也终会为善良所护佑。

学术的高低，是水平问题。行为的善恶，是人性问题。善者亲善，恶者却很难与人相亲，哪怕是与同类。所以，善良的人总是不谋而合地一处行走，彼此搀扶，相互取暖。恶者的心灵透不进一丝阳光，永远孤寡寒冷，即便偶尔靠近同类，也不过是狼与狈的彼此利用。

修炼你所能修炼的，坚守你始终坚守的。执着做自己。

潮起潮落，你看到的，仍将是不变的"我"。

此不争，缘于自我。

原谅自己的低能

青春年少时，我在这座城市里读过三年书。

人到中年后，我在这座城市里教过三年书。

现在，我仍然在这座城市里工作着，每天兴味盎然地侍弄着别人或是自己的文字。

我的生活很简单。

吃种类单一的食物，走不变的路线，用固定的护肤品，留二三十年不变的发型，在固定的专卖店购买风格近似的衣饰，甚至连买菜买早晚餐都在固定的摊点。每天走着同一条路上下班。路上，沐浴晨光，醉饮斜阳，裹着夜色看星星月亮，沉浸在细碎而甜蜜的心事里，却很少去看马路两边的内容。对于我而言，它的全部意义只是一条连接单位和我的精神小屋的通道，供我穿梭往返。其间，一派抽象。

岁岁年年，就这样过。

我习惯了。我从没有觉得哪里有什么不妥。

日子自在，安详而温暖。

直到有一天，我被问住了。我不知道哪里好吃，哪里好玩，哪里可以下榻，不知道我每天抬头可望的山，走哪一条道可以靠近，不知道除了粥、青菜、海带丝，我还可以买什么做一顿像样的晚餐……我忽然间那样窘迫和自卑。我不知道，原来把自己摆放在真实的生活里，竟是如此低能。提不起精神，抬不起眼帘，脸总是控制不住地发热。我想，那一刻，一个女人张口结舌手足无措的样子一定愚蠢又可笑，令人无比失望的吧。

今天，我继续在这天路上穿梭往返。不同的是，这条路上，已经从抽象里非常清晰地具化出了一家旅馆，朋友曾在这里留宿，还有一座酒店，我们曾在这里共同用过餐。其余的仍一如既往地模糊成笼统的背景。

我恍然明白，之前，我的心从不在此。

为此，我更加坚信，一座城市，是因为特定的人，特定的场景，才具备了特别的情感，和特殊的意义。我们从不会留恋一个地方，我们留恋的只是曾经种在那里的爱和温暖。

走在晨光里，我心霍然放下了。即便之前所有的那些我都不知道，又怎么样呢？它并没有影响我的幸福和快乐，也没有影响我正常的工作与生活。

有些常识，只要你愿意，只消一只行囊，两瓶矿泉水，三五日便可顺利习得。

而有些心性，即便你愿意，并且为之倾力而行，一生一世的修炼，也未必可以抵达。

毕淑敏说：智慧是划分区域的。从商的智慧是金色，从政的智慧是血色，爱情的智慧是无色，仇恨的智慧是黑色。没有谁的智慧是万能的，所以人们在一些领域绝顶聪明，在另一些领域混沌不堪。

我不智慧，在任何一个领域。也从不羡慕、不亲近那种绝顶的聪明。我只是想，如果在一个领域内的混沌，可以兑取另一个领域内的安适与清明，混沌一些又有何憾。

　　对自己说，正视自己在某些领域内的低能，学会原谅自己，给自己足够的自信，并积极主动地去改善。乐观生活。踏实而本色。足矣。

　　就这样，先于别人，我原谅了自己。

把自己摆平

　　这一整个冬天，我过得很任性，或者说是放任，甚至有些消沉。似乎所有的紧握都在不惑之后的某一夜，就那么疲惫地撒开了手。梦想，事业，信仰，等等等等，好像一下子淡出了生命八百里。思想出于一种本能的自我保护而进入了一段休眠期。就那样，把一切有形和无形，毫不设防地陈列在浩渺的时空里，一任光阴的啄食和劫掠。

　　我开始倔强，叛逆地暂止了对我的信仰的服务，只是一味地据文字为寄托，或于阅读中静养，或放纵哒哒奔跑的十指，恣意泼洒着野草般疯长的意绪……在生机涌动的春夜里，任由一颗心深隐于平静的眼神后，天马行空，在星月间驰骋。

　　这样的夜，万籁俱寂，亦万籁俱响。真的。风在轻吟。星星在歌唱。小虫儿在幻想。连梦都在开花。我有点醉。

　　电话响了。哦，一声越洋而来的问候。一位相识已久的文字密友。她的声音细柔而缓慢，如一脉清澈的溪，流遍我静默已久的心田。有一种醒来的感觉。眼睛里一下子涌满温热的泪水。——生命中，总有一些偶然的降临，超出了你想要的美好。

也许因为生在七月，我永远像一只胆小的蟹子，以一种永不松懈的机警和戒备，护卫着生命中那些醉心或碎心的细节，只一味地借一些极抽象的语言，极空灵的呼吸，去释放那些虚无缥缈的情绪，松懈那些积郁心底的情结。窃以为，我们都是那种很奇怪的女子，对文字标点间的气息，有着女巫一般超准的直觉，总可以于有形无形中，于充实或留白中，了然对方的心境和情绪。且，彼此都有一种特异的听觉，隔千山万水，仍听得见对方浅然的微笑，温馨的欢愉，皎洁的感伤，甚至泪水缓缓爬过面容的声响。

这清凉的声音，将我找了回来。她告诉我，在我的文字里读到一个句子，特有感觉："一点一点，靠近自己，也一点一点，与自己诀别。"我的心倏地暖了。那个短句，浓缩的是一个女子静默行走中，自我对峙，自我和解，自我妥协的一段漫长的过程，其间的酸甜苦辣，百转千回，惟自心知。就像那日朋友李宁说，从我六年的文字里，读懂了"从柔软至柔韧的过程"，一语击中我心。类似于这样的读懂，皆为一种天赐的缘分。——茫茫人海中，几人又能从你二三文字的点滴泄露里，如此敏感地触摸到岁月深处的冷暖，霍然洞悉背后的"天机"！

我们聊读书，聊教育，聊健康，聊民族习惯社会制度，聊生命的孤独与繁华……黑夜如同潮水，自顾自地穿我们而去。夜过子时，浑然无觉。

最后她说，有与教育相关的稿件发给我。我说，我已经很久很久不写字了，尤其是教育的话题。"我知道。但你还会再写的。要不了多久，你就会又把自己摆平了。"她的语气那样平静而自信。呵呵，摆平？霸道了点儿。在我们博大精微的母语中，或许可以找到更优雅更隽永的表达，但这一个真的形象又贴切。对对，就是摆平。会心地笑了，知我若此，这便是朋友。

当然！我还会再写的。有生命的地方，怎会没有歌唱。许多年来，无论心行至怎样的困境，潜意识里始终存在着一个不曾动摇的信念：逗留，只是暂时的，我仍会继续上路。

人生的路途中，总是停停走走。我想，不单是我，于每个人，这都是一种需要。

每一段行程之后，我们需要停下来，坐下来，耐心地和自己进行一次坦诚对视和倾心交谈。"顾后瞻前"，检视行走的方向，矫正些微的偏离；理顺纷乱的思绪，解开心中的纠结；掸去衣上征尘，卸下蜥蜴一样不觉间背上的心灵的重负……然后，与自己握手言和，愉快地继续下一程。就这样，不断地修正自己，完善自己，在资质能及的范围内，努力做最好的自己。"一点一点，靠近自己，也一点一点，与自己诀别。"——用朋友的话说，就是把自己摆平！

光阴走过。经行处，她以淡定的脚步留下一行字：历史的进程最能淋漓演绎人性的规律，也恰恰正是历史的进程最无情，最不怜惜人性。是的。世界不会因为谁的脆弱而在他的周遭搭起棉花墙。我们总是在泥泞的跌爬中逐日学会了站稳和行走，在磕磕碰碰中愈发的成熟和挺拔，在艰难的历练中成就了柔韧和坚定。心，几经泪水和汗水的洗涤，而变得愈发的清新、通透。

就这样，在流年里延续着一场与自己的旷日持久的温情战争，在坚持和妥协的交替中，不断地，一次又一次地"把自己摆平"，从而实现了思想的攀爬和境界的提升。

这，便是所谓成长吧。

转顾流年

故地。淮安。金陵。上海。南昌。

生命中,这个最酷热的夏天,我却意外地将大段大段的光阴豪迈地抛洒于羁旅,将遗世深久的容颜、梦想及至用所有青春岁月筑起的童话,裸露于了炎炎的烈日之下。

频发的洪水、地震、泥石流,将心事一再地冲刷复又掩埋。我仍旧努力拖扯出碎石下的梦,不肯停息地跋涉。

仿佛心,从此固执地上了路。

你说,扰攘红尘中,你仍是一尊传世的青花瓷,为致密真情托举于灾难之上,兀自安详地美丽。

闻言回首,一览远远近近高高低低的风景,分载着我曾经的明媚和青葱,已然散落于千山万壑!苍茫之中,日子纷至沓来,青春挟持着梦想呼啦啦大撤退的脚步,复如当年,再次踏碎灵魂的暗处猫一样蜷伏着的忧伤。

黑发红颜,万丈雄心,铮铮誓言,又怎敌得过似水流年!

心头一酸。

热泪成雨。

岁月，成就了我淡定的神情，坚忍的个性，却给了我一颗愈发深藏、愈发敏感而又无比温软的心。

是的。总是如此地易感。总是那么不经意间，读懂了一只猫的不屑，一只狗的羞涩，一只梅花鹿的惊恐，一位酒酣茶浓者豪情间的苍凉，一座风雨沧桑的老房子沉重的心事……甚至偶尔风一般飘过某一个空间，也会不自禁地瞬间了然了那些潜伏于文字背后的辛酸往事……

于是，就那样爱上了风里的伫立，月下的出神，雨中的怀想；就那样由着自己，放任于一些没有情节的情绪，黯然于无关自己的伤痛，却一言不出。

静穆行走。怀揣一颗清明而坚定的心。

于熙熙攘攘的人群里，听千思万念，川流不息。然，终不忍细读，不经意地一瞟，也总是蓦然心疼：原来，都是哭过的人！

我只是一位旅人。在别处的风景里，为花开而喜悦，为凋敝而感伤；在别人的故事里，因着不关己的福与祸，不为人知地暗暗欢喜，或泪眼婆娑。

知所来，知所往。

红尘中，永不屈就。

流年里，微笑如水。

生命，是一场孑然而美丽的旅行。

一路风景。

一怀心情。

不惑人生　阳光灿烂

一日，一位久违的朋友短信告知，邮来一份公函。我说，暂居另一个家中，回到老的住处方可收取。他打趣："你是富婆，家多。"我忍不住笑。

我说，据一位卜命的先生说，我前生是皇室贵族，挥金如土，所以这一世就只能做贫民，与富婆擦肩错失。不过，我爱儿子，爱先生，爱家，并珍惜关爱我的朋友，因此忽略了它。

对方感慨："懂爱的女人、有爱的女人最富有。"

呵呵，抬举！

懂爱？哪里！只是一味享受着它无私的滋养。大脑简单，不思心外的世界。

同时想起，不久前一位博友给我的纸条："你呀，怎样的经历？造就了现在。"我答，简单。就是简单。仅此而已。

爱并被爱。珍惜并被珍惜。努力且得天道所酬。善良但不懦弱。宽容但不无原则。小我的情感里，没有"恨"，在看起来需要它的地方，淡淡地以"轻视"置换。——生命大抵如此。

近我所敬，远我所鄙。目标简明，方向纯正。目不斜视，心无旁骛。不惑人生，自然风清云淡，阳光朗然。

这一切都令我万分珍惜。

思至此，心绪晶莹，展颜莞尔。

如此女子

妞妞和先生出门，下楼时，妞妞顺手提起邻居家的垃圾。先生说："那不是我们家的。"妞妞说："闲着也是闲着，顺手扔了吧。"后来，妞妞家的垃圾也常常不翼而飞，门口总是干净的。

妞妞匆匆下楼，到了二楼的门口，她迟疑了一下，停下来，敲门。没有响动，妞妞锲而不舍。门终于"忽"地开了，一个穿着大短裤的"膀爷"出现在妞妞的面前，生硬地问："找谁？"妞妞吓得禁不住后退一步，指着门嗫嚅："你的钥匙……还挂在门外……"后来，那位"膀爷"偶尔在楼道里碰见妞妞，总是忍不住红着脸对妞妞点点头。

这天中午，妞妞为了及时阅完孩子们的日记，早到校。工作完毕，她伏在课桌上静思。一部分孩子来了，踮起脚尖从她身边经过。她听到一个孩子小声说："嘘——慢点儿，老师睡着了！"她伏在桌子上，不能抬头——泪水悄悄涌出来。谁说孩子太小，不懂得关爱自己的老师？！

学生时代，一个阴雨的周日下午，妞妞独自去市中心买日常用品。走在苍梧路上,迎面走来同班一位女生,大家都说她的妈妈去世了。那天她终于归来。擦肩而过,女孩小鹿一样惊惧而忧伤的一瞥,瞬间锥痛了妞妞的心。她停下来,反身看着踽踽远去的背影,忧伤满怀,泪下两行。后来,她总是无言地走在那个女孩的身边,没有别的,她只是希望女孩每次抬头或是转身,都能感到有人在旁。日子流逝,她们终于成了言语不多心却很近的朋友。

　　一个清晨,步行上班的妞妞,经过"沸腾鱼乡"门前,看到一个彪形男子对两个柔弱的女孩拳脚相加,妞妞立时觉得四肢冰凉,手心出汗,心慌得想吐。她痛苦地闭上眼睛,觉得每一击都重重落在自己的身上、心上……两个女孩子蹲在地上哭泣,鲜血从鼻子和嘴角流下来。妞妞安静地走过去,蹲下来,递上一包手帕纸。她没有能力做别的,这是她对袖手旁观者的蔑视,和对暴力无语的、无力的示威。

　　寒假开始的那天,妞妞送走了所有的孩子,踏雪步行回家。路的转弯口偶遇一位家长,于是交流孩子的近况,那位家长边讲话边不自觉地移动脚步、调整方向,他用宽宽的背挡住了吹在妞妞脸上的寒风。挥手告别之后,妞妞望着远去的身影,眼里蒙上温暖的泪。后来每次经过那个路口,她都会想起那个暖怀的细节。

　　……

　　时光流逝,很多琐事总是一闪而过。在妞妞淡忘了见过的那些面容时,却常常在行色匆匆的路上,逢着许多陌生而友好的笑。

　　她,就是这样一个笨笨的女子,一个幼稚的女子,一个总是让先生操心的女子。她不出色,掉进人海便淹没无踪。她不强壮,感冒发烧、唧唧歪歪是常有的事。她也不够聪明,遇到难题,总会忍不住拨通电话,问先生:"怎么办?"

　　她的毛病很多,不爱运动、不好养活也不够随和。她总是很爱哭,伤心了流泪,开心了也流泪,她说,于她而言,流泪,是对生命的感知最为生动的表达方式。她知道,这辈子也改不了了。

但她总是感激亲人的爱，记住朋友的好，默默做自己该做的事。

她说：在途中，有许多情感和细节与世俗无关，与血缘无关，与儿女私情无关，却可以让生命在茫茫艰辛的人生路上，获得些许温暖，些许感动，些许湿润，些许明媚。

只在转念间

1

在小学五年级的一节体育课上,很多同学都坐在地上,不去参加运动。我也顺势坐了下去。体育老师很生气地看着我,远远地,大声叫我的名字。我说:他们都是坐着的。老师严厉地喝道:你怎么没看见那些站着的!并将手中的球用力向我扔过来,我本能地伸出手接住了飞驰而来的球。簇新的球面,无情地擦破了我掌上的皮肤。

课后,同学们说,想不到,老师对你可真狠。

多年以后,我懂得了那份灼痛中的师爱。

每当我想象当年那样顺势"坐下"的时候,便觉得掌心火辣辣的痛,便清晰地忆起老师严厉的声音:"你怎么没看见那些站着的!"因此,我总是努力提醒自己:站着!哪怕只有一个站着的人。

爱或恶,感恩或怀恨,只在转念间。

2

今冬酷寒，零下十一度的那天早晨，我步行上班。

来到学校，值周的老师还没有到。到了上班的时间，我过去补签到，值周的老师说，最近都改成中午签退了。我听了，在滴水成冰的气温里，觉得特别温暖，暗暗感谢学校领导对教师的体贴，一定是照顾那些路远的、带着小孩子的老师，恐他们忙不及，而"法外留情"。

回到办公室，我忍不住把自己的感受说出来，于是有人告诉我：你就傻吧！那是为了防止有人早退。

我无言沉思。更喜欢自己的理解。因为它让我愉快。

冷或暖，自由或束缚，只在转念间。

3

从不愿倾诉，不论多苦多累多难多么委屈多么沮丧。

周末的晚上散步，我这样对先生说。

人生的路上，心和事业曾经一度陷入困境。我的精神和意志遭遇了空前严峻的磨砺。一个人黯然跋涉。那天，多年的文字知己电话飞来，温暖的问候里，积郁已久的彷徨、无助和伤痛，终于如熔岩喷发，我对着电话大声哭泣。

累了。停了。只有泪水仍旧在安静地流。朋友没有给我太多的安慰，沉思良久，只是语重心长地对我说："生活是用来寻找阳光的。不哭。"

那时，粮食和水似乎已经失去了诱惑。匍匐在忧伤的怀抱里，一遍又一遍的思量着朋友简单的话语。他的"寻找"两个字给了我很大的启发，忽然在我的心里铺开了一条路。是的，即便生活只给你了二两米半根儿葱一间漏雨的房子，你要做的也绝不是对着它痛哭流涕，悲叹困厄，而是打起精神，想想如何用二两米半根儿葱尽可能地做出更可口些的食物，如何让那间漏雨的房子里多一些温暖和阳光。

付出了艰辛，便获取了快乐；选择了主动，便获取了自由；为自己的心撑起一把伞，便获取了四季的晴空。

此间，在阅读中，录下了余秋雨的一个句子："只有当生命被逼迫到了最后的边界，一切才变得深刻。"

时至今日，当我对先生忆起这些，依然不能自已地眼里涌满泪水，当时的孤寒和挣扎仍是那般咸涩焦浓。所幸的是，我走出了泥泞与黑暗。

悲或喜，阳光或阴霾，只在转念间。

假如我有个女儿

1

  假如我有个女儿，我希望她长得像我，不必太漂亮，但要干净、清爽。

  假如我有个女儿，我会好好呵护她、宠着她，让她长成一个娇娇的、温和的、小鸟一样可爱的女孩，爸爸、哥哥和她未来的老公做她的保护神。

  假如我有个女儿，我会要求她，直发淡妆不穿迷你裙，不论在什么场合都不要肆无忌惮地说笑，女孩子要斯文。

  假如我有个女儿，我会告诫她，永远不要暴饮暴食，保持良好的饮食习惯和卫生的体重也是一种修养。

  假如我有个女儿，我会对她说，不要十分去爱一个男孩，即便是十分爱，也只许表现出六分，否则伤害的是自己；永远不要先开口说"我爱你""我喜欢你"，哪怕自己再喜欢；如果有一天男友移情别恋,一定要淡然而大方地先行离开,想哭就到妈妈这儿来。女孩子应该保有矜持和优越。

假如我有个女儿,我会鼓励她,不论你处在怎样的恶劣的景况,绝不迁就婚姻和爱情,记住:你永远持有挑选甚至挑剔的权利和资格。

假如我有个女儿,我会告诉她,不论心情好坏,永远不要衣容不整地出门。快乐、忧伤、幸福、痛苦,虽然是不同的心灵感受,但是都可以表达为美丽——它是所有女孩和女人对这个世界的责任和义务,也是一种与生俱来的财富。

假如我有个女儿,我会告诉她,如果不幸落入清贫,记住:不要放弃两样东西——爱和阅读。它们可以让你在简陋的孤灯下感受生命的尊严和高贵。

假如我有个女儿,我会劝诫她,放弃那个你爱的而不爱你的男孩,嫁给爱你或许你并不爱的那一个,他一生会疼你、迁就你、宠着你,给你安全和幸福。

假如我有个女儿,我会教她不要把心灵深处的东西倾诉给别人,拥有充实而多彩的内在。一个真正有自我的女孩子,最好的朋友应该是自己。

假如我有个女儿,我会启发她,以女儿家的灵秀把日子过得精致一些,从容一些,让生活沉着而美丽。

2

假如我有个女儿,我会告诉她,对这个世界而言,我们每个人都不重要,但对我们自己而言,一定要把自己活得重要一点。

假如我有个女儿,我会告诉她,生因有涯,生才珍贵;世因有律,世才太平;心,亦当有闩,方得意定神宁,步履从容。人,永不可随心所欲。有了约束,才有了美。

　　假如我有个女儿,我会告诉她,不解释,是大智慧,而善良,则是人生最大的智慧了。真相就在每个人的心中。可乱者,心愚,言而无用;不可乱者,心智,言而不必。——永远不为无谓的人,无谓的事,说多余的话。

　　假如我有个女儿,我会告诉她,身处人群,不必因被众星捧月而沾沾自喜。能读懂"月"的"星"从来不众。月明,星自稀。一切有形都必将化为无形,若不为一个"懂"字,万端皆可抛。

　　假如我有个女儿,我会告诉她,深山雪莲,不因地偏而不放,墙角寒梅,不因无人而不芳,生命是因自身应有的高贵和尊严而存在着的,这是生命不负自身存在价值而对自己的基本要求。高处虽不胜寒,然人生各有所取。红尘本浊,认清自己,淡定护卫内心的方寸净土。

　　假如我有个女儿,我会告诉她,不要虚荣地以任何方式挽留一份你并不想要的感情。"若爱,请深爱;若弃,请彻底。不要暧昧,伤人伤己。"

　　假如我有个女儿,我会告诉她:若生命与爱情必抉其一,我选爱情;若爱情与尊严必抉其一,我选尊严。因为没有爱情的生命是贫乏黑暗的,而没有尊严的爱情又是懦弱卑贱的。因此,不论多爱,尊严,永远是第一位的。女孩子,要有尊严地活着。

　　假如我有个女儿,我会告诉她,哪怕整个世界都躺下了,你依然可以站着活;哪怕这个世界上没有一个人爱你,你依然可以万分地珍爱自己。不患没人爱,惟患不值得人爱。做好自己。

　　假如我有个女儿,我会告诉她,一切都必将成空,此乃规律,规律即天道,天道自不可违。然而,生生世世,人类仍在不息地追求,因为我们无法否认,"空"与"空",这两个相同的字,却可以涵盖完全不同的内容。

假如我有个女儿，我会告诉她，在生命的舞台上，你只需倾情而舞，舞蹈的服装是次要的，舞姿是否优美是次要的，有没有掌声也是次要的，最关键的是：你投入地跳了。——因为你不是在演出，最初和最终的目的都并非为了掌声。

假如我有个女儿，我会告诉她，最有品位的修饰是低调，和谐，大气，得体，懂得时尚的细节。或冷调或暖调，或职业或休闲，睹之皆清淡如茶，品之却回味绵醇；实为精心修饰，细寻却不着痕迹。——低调的美，如同哑光的红木，时间愈深久，愈见其稳重素雅高贵。

假如我有个女儿，我会告诉她，有闲独处时，换上干净舒适的家居服，学着对镜为自己梳一个漂亮的发式，自我欣赏；细细切开一只水果，放进一个精致的果盘儿，打开一本杂志，播放一首优柔的曲子，捏着果叉慢慢享用。——人生，已在奔忙中如此粗糙，能有独享的时光，不妨活得"矫情"点儿。

第三辑

落 花

冬天的记忆

法桐树落尽最后一片叶子，冬天，便也坦荡荡一览无余了。

喜欢冬天。尤其是儿时乡村的冬天。天寒地冻，滴水成冰。孩子们无忧无虑地滚着铁环，抽打着陀螺；哥哥用很大的冰块做成雪橇，拉着我飞跑；房檐上长长短短的冰铃铛，晶莹剔透，挂满童年。最让我迷恋的，还是乡村的夜晚，沧桑的土墙草屋内，有灯如豆，橘黄色的灯光如同母亲的眼神，无比温暖，又无比安详。每一次回眸冬日，总能看见哥哥燕子一样轻捷，在童年冰封的河面上滑翔，直从遥远的岁月深处滑来，风一般擦亮我冬天的记忆。往事，便远山一样，绵延而来。

母亲说我从小就是个娇气的女孩子，寒冬数九的日子，脸上、手上、脚上常常被冻出疙瘩来，总是跟在妈妈和奶奶的身边，就像小猫偎着煤炉。奶奶常常停下手中的活，将我冻得通红的小手暖在掌中。母亲每次提起，我都会想起奶奶充满怜爱的眼神和粗糙开裂的双手。那时我并没有感觉到奶奶的手有多暖，更多的倒是一种真切的扎痛。然而每次奶奶握住我的手时，我便很安静靠在奶奶的膝前，不再叽叽地叫冷。后来我懂了，有时，我们更需要的并非是一种真实的温度，而是一种心灵的安抚。

遥远的记忆中，深冬清寒彻骨的夜，我常常在母亲"哧啦哧啦"纳鞋底的声音里忽然醒来，就那么骤然间神清目明。我便偷偷打量着灯下母亲单薄的侧影。母亲美丽的眉目在困窘的生活里，依然是那么地安恬、慈柔，浓密的短发在灯下闪着光，她穿针引线的姿态是那般地悠扬舒展。我常常沉醉在这样深夜的图景里。有时醒来，我也会看到母亲腿上放着纳了一半的鞋底或是缝补了一半的衣服，静静地坐着，宛如一尊美丽的雕像，平静的面容上，泪水却如清亮的溪流。我不知道母亲为什么会流泪，只是很难过，很担心，总是忍不住躲在被子下面抽泣。母亲发现了动静，便会悄悄放下腿上的衣物，走到床前帮我掖好被角，轻轻将四处压实。每每此时，我的泪水便会更加肆意地奔涌。

那年我在外地读中学，周一那早，大雪封门，寒风嘶鸣，杨树光秃秃的枝条在风中清脆地撞击，世界变成了一个冰窖。哥哥骑着自行车送我去学校。路上是数不清的跌倒的人和车子，哥哥小心翼翼地驮着我艰难行走。好慢啊！坐在哥哥的背后，我觉得自己全身好像浸在冰水中，我的腿失去了知觉，手、脸和脚都像刀割一样地痛。我忍不住哭了。到了学校门口，我已经不能行走了。哥哥吃力地支好自行车，将我从车上抱下来，轻轻地放在地上。等我站稳了，哥哥解开棉衣，把我的手放在他的腋下，将我的脸贴在他的胸前，然后将棉衣紧紧的包起来。哥哥的怀里好暖啊，我贴在哥哥的胸前泪如泉涌。哥哥推车站在门口，一直看我哭着走进校门。许多年后，我才想起，哥哥那时没有棉裤，没有帽子，也没有手套。

冬天又来，想起这些岁月深处的片段，让我再一次于不觉间泪流满面。

趟着日历哗啦啦翻去的声音，走过了三十多个冬天。岁月流转中，我离开了那座淳朴的村落，离开了逗留数年的古老小镇，辗转停泊在了这座秀丽湿润的海滨城市。冰封的小河、苍茫的秃枝、安详的灯光，仰面可见的浩渺的苍穹，一一地远了。那位为我暖手的慈祥的老人已经永远地去了，为我烧饭缝衣做鞋的母亲，已经黑发不再年迈体衰，敞着头赤着手在十冬腊月的寒风中送我上学、拥我入怀的哥哥，也远居千里之外……

有人说，冬天是一个充满哲理的季节，可是我不想刻意去追思。我只想在这样一段沉寂的时光中，静静潜入生命的深处，尽情翻检那些平凡而温暖的细节，回顾人生经历的风风雨雨，欣慰于生命拔节的每一个美丽的印痕，一味地，一味地，将内心涌满感动。

岁月，潮涌堆叠，却无法沉埋冬天中那些寒冷而又温暖的日子。那些永远不会尘封的记忆，总是随时待我轻轻排闼而入。

生命中，那些沉默的人

夜静人定。

没有一声虫鸣。

安坐在书房里，听得见先生均匀的呼吸。

窗外的马路、树林和远山，一片岑寂。内心弥迷着沉静的欢愉——我喜欢这样的冬夜，空寂的宇宙放任精神的活跃与思绪的驰骋。

灯下，继续读房向东。

在这个世界上，有的人，天天和你厮混在一起，却觉得无比陌生；有的人，并没有与你说几句话，你便可以引以为朋友。我们没有成为比较亲近的可以切磋的朋友，我们之间终于横着"老师"这个巨大的疏远。我想，也许我们可以成为最可展现灵魂中美好一面的朋友，然而却被无聊的忙碌错过了，每念及此，遥想他的清瘦模样，不免耿耿。

他于《徐兄新建》之文末如是写。

在这样寂静的夜，读这样真挚而朴素的文字，心也无声起了思念。想起了生命中那些沉默的人。一直以来，对那些不善言辞的人，总是心存莫名的好感。和他们在一起，我会感到自由，舒适，放松。我总多情地以为，他们也和我一样，喜欢安静地思索，幸福地回忆；喜欢在大街上独自行走，将不经意流露的笑意匆匆、深深埋进衣领；喜欢藏着满怀的心事，将酸甜苦辣尽掩于低垂的眉目后……

有人说，沉默的人多是敏感的。的确。一直是个敏感的人。为此，心，常常为细节所伤，也常常为细节所暖。

记得读师一那年寒假，我乘火车去哥哥的学院玩，预备和哥哥一起回家。匆匆赶到车站乘客已经进站了，我没来得及买票就被人流裹进了站台。当我终于挤进车厢还未站稳脚跟，一只大手将我拉进了他里面的座位上。偷眼看看那张陌生的面孔，我不敢说话。乘务人员来补票了，我正在掏钱包的时候，只听那位中年男子对售票员说："这是我们的免票证，她是我妹妹。"我愕然地转过头看着他，他一边低着头将证件收起来，一边平淡地说："一看你就是个学生。我在铁路上工作。不怕。"之后便不再和我说话。出站的时候已经是夜了，他拉起我的衣袖说："有人接你吗？这个站很容易转向，我带你到站口。"我踮高了脚尖，边走边搜寻哥哥的身影，等我看见哥哥并大声呼唤的时候，那只手轻轻地松开了，我急转头，却只见黑夜里茫茫涌动的人流……

儿子读高一时，为了儿子就近上学，我们租住在学校附近的一个小区里。楼下有一对炸油条的夫妻，常常拧着。妻子很少和周围的人打招呼，脸上也很少有笑容。我第一次去买早点，接过她递给我的油条，习惯而真诚地说："谢谢！"她微微愣了一下，很不自然地笑了，冰冷的眼神里一下子浮出暖意。以后她每次见到我都会轻轻地暖暖地对我笑笑，仍旧不说话。端午节那天早晨，我又下楼买油条。她说，今天是端午，怎么还吃油条？没包粽子？我笑了，说不会。她立刻放下翻油条的筷子，不容商量地说，今天不吃油条，等着，我去给你拿粽子。不不，我慌慌张张地放下钱，自己动手拿了油条，飞快地奔进楼道……

一个周末，拥挤的公交车上，一位借酒肆意倒伏的醉汉让我惊慌失措、无处躲避。后面一位男士一声不响挤过来，隔在了中间。他高大的身体像一堵墙，让我觉得很安全……

……

岁月如水，杳然长逝。许许多多的人许许多多的事，转眼淡忘。可是生命中，那些沉默的人，那些温暖的细节，却在岁月的淘洗中愈发清晰。风起的时节，落叶飘摇如蝶，听着脚下沙沙的声音，我会想起他们；晨光四射，鱼一般骑行在上班的人流里，某个似曾相识的身影，一闪念，我会想起他们；雁阵南去，云朵悠闲，我躺在松软的草地上仰望长空，不经意的，我会想起他们……想起大雪的清晨为我撑伞的陌生人；想起那位听到我打喷嚏悄悄为我关窗的同事；想起秋雨潇潇的傍晚，等在楼下送我回家的那位家长；想起一次大型教学活动上，那位五十多岁的乡村老教师，在黄海影剧院的出口拉住我，眼里蒙着泪告诉我，我调走了她很想念我……我和他们没能说过几句话，甚至叫不出他们的名字，然而每每想起他们，便仿若想起了自己的家人，很亲近，很美好，油然的，心里暖暖的，眼里湿湿的……

今夜，在辽阔的星天下，在朴素的文字里，我又想起了他们。

感谢他们，我生命中那些沉默的人。是他们让我穿越尘世的纷纷扰扰，依然会感动，依然会疼痛，依然会热泪滚滚……

母亲的祝福

十几年来，我精心收存着一枚五分硬币。它是我屈指可数的几件收藏品中最为珍贵的一件。每当我静坐时，手中握着这枚硬币，历历在目的往事常常令我潸然泪流。

我生在贫困的乡村，我的父母亲都是那种传统善良的农民。在我们兄妹读书的日子里，生活的拮据永生难忘。父亲的身体不好，最苦最累的人就是母亲了，种田，养猪，农闲时街边搭个豆腐摊儿，一分一毛地挣……就这样艰难度日。

每每我站在食堂的餐桌旁捧起饭碗的时候，我觉得吞下的每一口饭菜都和着母亲咸咸的汗水；每每我也想像同学那样买包蚕豆、喝杯汽水的时候，我便想起了寒风长贯的街头母亲瘦小瑟缩的身影……母亲的血汗滋养了我漫长的读书生涯。

我终于自立了。

不久我恋爱了。我知道就算我倾尽一生的爱和收入，也无法报偿母亲的恩情。我不敢、也不忍再给母亲增添任何负担，就和恋人相约封锁了结婚的消息。举行婚礼的前一天，我告诉母亲，我要嫁了。当时母亲又气又急,责怪我这么大的事情为什么不吭声。她匆匆忙忙卖了猪,连天赶夜为我置办嫁妆。

那晚我和母亲共度,以告别我的闺阁生涯。

母亲在昏黄的灯光下铺了一个好大的席子,为我赶做棉被,我坐在一旁和母亲说话,帮母亲穿针。五十刚挂零的母亲已是两鬓斑白,麸色的手背上鼓起条条青筋。静夜里,我清晰地听到母亲粗糙的手指与柔滑的绸缎被面接触时发出的"哧啦""哧啦"的声音,这声音如同蚕食桑叶,咬着我的心。她不时地问我缝得直不直,不时地抱怨自己的手太粗糙,糟蹋了这么好的被面……我的泪水决了堤,我不敢回答母亲的问话,只是不停地点头,生怕自己不能自制而号啕大哭。

第二天清晨,母亲按照家乡的习俗,对我作新婚的祝福:她把围裙里放入币值不等的纸币和硬币,让我把手伸进去,最大限度地抓一把,抓得越多,就预示着未来的生活越富足。我知道,这些钱都是母亲东拼西凑借来的。我低着头,默默把手伸进母亲的围裙里,小心地摸出了一枚硬币,慢慢地张开了掌心。叔叔婶婶和闹喜的邻居都哈哈大笑,笑这孩子真傻!这时,我看见母亲的泪水倏然滑过心酸的笑容,大颗大颗地滴落在褪了色的粗布围裙上。

静静沉浸在纷飞的往事里,我像当年那样慢慢地张开掌心,泪水扑簌簌地滑落在那枚硬币上。那是母亲给我的祝福,饱蘸疼爱、不舍和浓浓的辛酸。

自依稀记事,三十余年来,母亲单薄瘦小的身影,始终穿梭在我的生命里。她的勤劳、坚忍让我一直不能松懈人生的追求与努力。她为我洗衣、烧饭、家里、田里忙碌的背影,她喜怒哀乐、垂泪、微笑的神情,点点滴滴,挤满我记忆的天空。母亲深远绵长的祝福融融温暖着我,将护佑我一生。

先生之缘

那时，生命尚在青葱时节，每天都像一只陀螺，快乐而不止息地旋转。

白天，全力以赴地备课、上课、改作业，批阅孩子们的日记和习作；夜晚，如痴如醉地读书、做笔记，紧张而又兴奋地备考。犹如一位农人，撒种遥想收获，今秋盼着明春，时光就那么忽忽奔流着。一直与先生两地工作，孩子，家务，工作，自学考试，填满了我一个人的生活，甚至舍不得拿一分钟来说笑。

白天，常常一边走路一边温书，夜晚，一张餐桌，与儿子两头分坐，一个看书，一个写作业。生活，沉浸在一种无声的疯狂里。

三年的专科自学之后，又用两年时间结束了本科课程，收到了论文辅导通知书。

站在南京师范大学的校园里，那一刻，才忽然感到有清风轻轻擦过耳际，有闲云静静游过头顶，好多的人在我身边往来穿梭，各种声音在我耳畔清脆鸣响……碧绿的草坪上，清新醒目地立着一面面人文的标语牌，那些滋养性灵的句子，让蛰伏的意识忽而醒来，远逝的岁月訇然流转。那些青春里曾经飞扬的梦想，也忽然簇拥着，欢笑着，扑面而来……我之外的世界一直都在欣欣然地生动着！独立于岁月的洪流中，忽然觉得目不暇接，手足无措。刹那间，泪水飞落。那颗温软的灵魂仿若迷失的孩子，孤独而漫长的跋涉之后忽而撞进了母亲的怀抱。

依据拟报的论文选题意向，我被编入"鲁迅"组。那一期研究鲁迅的学员并不多，我们组只有十个人。指导老师是位年轻的博士生，学员们叫他黄老师。黄老师看起来和我们年纪相仿，衣着朴素，轻言淡语，并不像我想象中的博士那样深奥健谈，甚至有点不善言辞。大多时候，他只是安静地听学员们说，然后简单扼要地给予提点。那时我想，他一定是觉得和我们的思想距离太远，无从交流，心里本能地生出一种近乎自卑的自尊。

学员们按顺序交流自己的选题和框架构想。我被排在最后一个。我不停地看时间，因为那时从省城通往一个小县城的车次是极有限的，错过时间就回不去了，我的儿子还寄放在哥哥家里，第二天会有一个班的孩子眼巴巴地等着老师来上课。我终于不能再等待了，鼓起勇气举手要求提前交流。我的论文选题是赏析《伤逝》的细节描写，来时匆忙，尚未形成清晰的思路。我惭愧地如实交代，并保证回去理好脉络之后，会将提要和框架构想寄过来。就这样，征得黄老师的同意之后就匆匆离开了。

当晨光再一次照亮天空，人，便一如既往地栽进时光的洪流。仍旧没日没夜地看书，写备课，批作文，之余便是一遍遍地读《伤逝》，直至心从沉静读到哀痛又从哀痛读到沉静，方下笔写了摘要和构想，寄了出去。

一天，我正在办公室批作业，女伴儿递给我一封信，并调侃："真没名气！白去参加论文辅导了，导师连你是男是女都没印象，看看看，还'先生'收呢！"我接过信，看着信封上"先生"两个字，脸一下子热了。一路走来,曾经得到过很多称呼,但被称为"先生"还是第一次。那一刻,双手捏着信,低头看看一身的粉尘,内心激动而又羞赧:"先生"怎能是如我这般平凡而怯怯的女子!

我没有拆封,只小心地把信夹进随身携带的一本散文里,出了办公室。风很暖,脚步很轻,心分外沉静。"先生",这是我有生以来得到的最为特别、最为珍惜的一个称谓了。

那一次的答辩论文,我做得格外用心。

黄老师以先生的高尚涵养善待和赏识了一位普普通通的学员,给了我信心和尊严,让我认识了何谓真正的先生,也让我有缘荣幸地做了一回"先生"。他在最后一封信里说:"你的论文写得还是很优秀的,文笔优美,有较高的审美趣味,也有一定文学修养,如果条件允许的话,建议你攻读硕士研究生。"尽管后来因为儿子和先生的事业忍痛牺牲了读研的机会,但是黄老师的鼓励一直温暖着我的学习和抒写生涯。

之后的生活际遇中,攒了几位真诚的朋友,每每给我邮寄赠刊、样刊、样报时,也常常在我的名字后抬爱地缀一个"先生"的尊称,就连十几年的老友向我约稿时,竟也是很正式地在信首这样写道:梅子先生……趟着如水的光阴前行,"先生"这个美好的称呼始终如同生命里一盏温暖的灯,鼓励着我,也约束着我,使得高尚和美,成为我生命中不弃的追求。

生命的颜色

张爱玲说，对于不会说话的人，衣服是一种语言，随身带着的一种袖珍戏剧。

深以为然。

从小到大，除了思维不停地在大脑中飞扬之外，我是一个讷于言且钝于行的人。或许介于此，用衣着来代替有声的表达成了我的一种习惯。

朋友凝视我的脸，说，你有一双沉静的眼睛，一肩深棕色的长发，白眼球泛着淡淡湖蓝，是典型的秋季女人，穿着应选择以金色为主调的浓郁的暖色系，融于大地的色彩，那样你会显得更加的自然、高贵、典雅。

然而，我偏偏喜欢了冷色。

我一直固执地以为，衣着的颜色，无时不在诠释着生命的状态。衣着的颜色，就是生命的颜色。

打开壁橱，黑、白、灰，是我服装的主打色。在我还没有能力用自己的收入选择自己的色彩时，我穿妈妈的色彩。藏青蓝、枣紫，粉红，鸭蛋绿，淡淡的藕荷……青涩的年华里，似乎很缤纷。然而每一种色彩都染上了淡淡的忧伤。那时的我对于色彩的渴望，远远及不上对于快乐的追逐。爸爸妈妈舒展的笑容，就是我清贫的少年时代里最美丽的颜色。

十年前，我的生命遭遇一场劫难。灵魂如同鸿毛般轻灵地浮游于上帝温暖的膝前，一行泪，从他慈祥的眼睛里流出来，唤醒了我三天两夜的天堂之梦。重拾生命后的回忆和思索，让我的内心充满了冷静、安宁，和一份尘埃落定的从容。从那时，我断然地爱上了黑色、白色。是那种断然的黑，凝重无底；也是那种断然的白，纤尘不染。白杨树飒飒歌唱的五月，我穿上洁白的衬衫，黑色的直筒裙，和一双纯白的高跟鞋，重返校园。没有语言表述那时的心情，只是想用这样两种纯粹而坚硬的色彩的断然搭配，来表达内心的冷峻，来表达对于生命和生活的理解。

以后的日子里，常常于黄昏低迷的斜阳里，着一袭白色的棉质睡裙，于颈间坠一只清漆扫过的木刻挂件，躺在阳台的竹质摇椅里，安闲地读一本杂志，或是四书五经之类的仿古线装册子，让长发滑爽而安详地散落于胸前。黄昏的安逸便如同流淌的暮色，淡淡地，一直漫至天际。胭脂色的晚霞，透过窗纱，薄薄地洒在我洁白的睡裙上。同色精致的绣花，泛出隐约的柔和的光辉。我喜欢这样的色彩。干净如棉，朴素温暖。掌灯时分，在柔和的光线里，窸窸窣窣，穿行于整洁的房间，仿佛行走在童话的世界。

彼时彼境，生命的颜色就是如此单纯。

时光悠然，一路飞逝。它无言地柔和了我内心的犀利，融化了眼底的淡漠，轻盈了鞋跟儿笃定的敲击。灰色，那样自然而安闲地走进了我的生命。深灰、浅灰、银灰、兔灰。惊觉爱上灰色的一刻，衣橱里已然挂了一大批灰色衣裙。我喜欢用白色的中袖短衫配上灰色的长裙，或者用浅灰的毛衣搭一条深灰的韩式百褶裙，再着一双款式简洁时尚的白的、黑的或是棕色的鞋子。这样的搭配，职业而不落刻板，端庄而不乏轻松。想象里，神情坦然，步履从容，轻言浅笑间，传达着一个文化女人的温婉、大方与典雅，一种潜在的不可亵渎的坚定和圣洁，隐约可感。

有人说，灰色，是一种色彩的中庸。

我说，灰色，是对生命大度而柔情的包容。

人到中年，回望相逢的人，走过的路，经历的风雨，一声深沉的长叹，放生命挤过狭窄的河道，铺展于一马平川。这种骤然地舒放和铺展，使得生命那样坚定地步入了一种失语的从容。对于服装——这种无字无声的语言，益发地追求简约和典雅。黑色、白色、灰色，也愈发稳定地主导着我的冷色系，它们更加坦然地展示我内心的踏实、安定、平和，及淡淡的甜美和愉悦。也更加坦然地展示我生命方向的纯正、信念的执着。

曾经对一路同行的挚友说，人生其实就是一局棋，对弈的人是自己。在不断和自己僵持、对自己让步、与自己和解的过程中，我心日渐柔和温暖。于是，我也偶尔用一些不曾触及的色彩来点缀我的心情。临镜侧体左顾右盼的时刻，一种淡淡的心酸和甜蜜，渐渐浸润我心。我知道，生命真正进入了祥和而缤纷的时代。

水一样的日子

一场淋漓的春雨，将刚刚走近的春天拉远。

清夜迢迢，疏星耿耿。引一脉细弱而悠扬的萨克斯，浇我今夜的心情。

在轻柔流淌的音乐里，细心地洗净碗筷，摆好餐椅，叠平晒干的衣服。将各种豆、米精挑细拣，淘净，放进电饭锅，定时煮粥，等儿子晚自习归来。

洗漱，放下垂柔的长发，半躺进温暖舒适的被子里，将电脑打开在怀中，在无边的静谧的黑夜里，感受三毛的平淡和简洁，感受张爱玲的深刻和精准，感受林徽因的才情和幸福……或是沉醉地敲击一天的心情。

日子总是这样平淡，人也总是这样安静。生活中就这样充满水的味道。淡淡的清，淡淡的绵，淡淡的甜。还有一丝淡淡的暖。水一样的清淡里，一种冷静和坚硬，径自成长。

儿时的我，就不会踢毽子，不会跳格子，没有滚过铁环，没有串过树叶，没有像同龄的孩子那样，在如水的月光下躲过猫猫……

每当父母下田，总是锁上院门，将我一个人留在家里，理那些乡野贫瘠的土地上生长出来的细如牛毛的韭菜，或者用一根儿棱角迟钝的竹筷子，给那些又小又干涩的土豆去皮。然后，等妈妈回家。

那时，没有课外书看。哥哥的语文课本便是我最好的读物。在那些旧书里，我读了《项链》，读了《羊脂球》，认识了怪怪的别里科夫，认识了低眉顺目命运多舛的祥林嫂……许多陌生的影子，穿越文字，从我心中列队走过。依稀的记忆里，我常常一边择韭菜，一边为美丽的玛蒂尔德懊恼和痛惜，并愣愣地看着自己的手，想象着那位因为辛劳而变得粗糙和茁壮的妇人……

童年的时光，就那样在一根一根择净韭菜的沉默中流走；在追赶滑溜溜地从手中逃窜的土豆时流走。

在那些沉默的日子里，我学会了平静思索，习惯了安享寂寞，习惯了任凭窗外天翻地覆，依旧从容生活。以致全村的大人孩子疯狂迷恋黄蓉和郭靖的时候，我依然无语陪伴床头那盏简陋的孤灯，安之若素。

早已习惯了安静。在理韭菜的日子里。

如今，已为人母的我，每次理菜做饭，总会不经意地想起那些韭菜，那些土豆，那些选文，和土墙外的欢声笑语。

也许，今天的平淡和安宁，应该归结于那些韭菜吧。那些如同牛毛般的韭菜一样密集的日子，累加着我的沉默，和沉默中生长出来的平淡的愉悦。是水的味道。

深居简出的日子里，和儿子一起读书，在网络的世界里寻求良师益友，用琐碎的家务从容填满所有的空白。静对日出日落，笑看花谢花开，扰攘的红尘中，只想坚实而从容的行走，将一切在心里深埋。

三十几年，且行且思，且思且行。酸甜苦辣，笑泪悲欢，一路无语尽纳于心。

怀念那些韭菜。怀念那些土豆。怀念所有的寂寞时光。它们,让我的心宁静如水。

当岁月无情而又多情的披沙拣金,淘洗过往的点点滴滴,欣慰地发现,所有的哭泣,所有的伤痛,所有的泪水,丝毫不亚于最甜蜜的幸福和欢笑,正以摇曳如花的姿态,在久远的记忆里,诗意栖居。

静夜回首,却见平淡的流年,早已于不觉间平息了曾经的澎湃,稀释了曾经的浓郁。那些深藏的美丽,早已在漫长的岁月中坚贞为一种信念;那枚紧握的坠子,也早已在掌心中攥成了爱情的图腾。翘起敏感的舌尖,接住人中引流来的那一滴晶莹的泪,品出的,竟是恬淡的水的味道。

白雪是严冬的,小鸟是树林的,云朵是天空的,飘萍是流水的……而心,最终,永远,还是自己的。我们可以轻忽一切,却不能不留片刻的宁静,聆听心灵的自我倾诉。

如水一样的淡泊,如水一样的宁静,过着如水一样的日子。

……

闭了床头灯,让黑夜和辽阔一起涌进来。

在这雨后的夜里,非常小心地敲下第一个键,依然那样不经意地惊醒了一怀的慵懒。

于是,独对星空,将一份心情轻啜慢饮。

穿街而过的旧风衣

这是一个阳光温暖的日子。

先生为我选了一件很柔情的毛衫,浅浅的兔灰色。插肩长袖,盖住半个手,衬得手指细长。简洁的平针一直上去,形成宽松舒适的嘟嘟领。肩的一侧不对称的绣着同色的花朵,杂以黑色的、细碎的、不规则花纹,爬上嘟嘟领左缘,显得很安静,很女人味。

先生说,这件衣服很合我的气质,于是拎回了家。

我穿上它,配一条深灰的长裤,从衣橱里取出那件米白色的风衣,随意套在外面,换了一双中跟时装鞋,去上电脑课。

车在阳光中无声穿行,风衣轻轻扬起。

进了校园,停好了车,老师还没有来。于是站在清晨的阳光中静静翻阅教材。同事走过来,问:"梅子,你的风衣在哪儿买的?"我笑了,对她说:"这已经是十年前的衣服了,还是儿子很小的时候先生为我买的。"我多少有些自豪,眼睛里忍不住流出暖暖的气息。同事惊讶于衣服的生命力,更是惊讶于先生的眼光,十年后的今天,它竟依然不失时尚,与这件毛衫能够如此和谐而完美的组合。

垂眉一笑。目光，在一瞬间穿越十年的光阴，次第闪现这件米白色的风衣所搭配过的灰色长裙，黑色毛衣，紫罗兰套裙……它也许不是最抢眼的，但却是经得起推敲的，细细观察，才能品味出设计者的匠心和品位。

这么多年里，每逢秋风掠过长街，我总是坦然地、自信地穿上这件米白色的风衣，款款的，伴风穿街而过。衣袂飘飞之间，阳光里荡漾的都是怀旧的情绪。

简约时尚的风格，精致的做工，永恒的色彩，让它穿越流苏的时代，穿越花边的时代，穿越皱褶的时代，笑看时光流逝而日益尽显风华。

今天，当我再一次与它一并穿街而过，我深信，十年之后，这件灰色的毛衫也会如同这件风衣一样，在光阴的磨洗中，一点一点的，让我体味出它的经典。

越流行的，就越容易落时。

越光鲜的，就越容易褪色。

越浓烈的，就越容易淡化。

简约之美，平淡之美，才是永恒之美。

衣饰如此，事物如此，感情亦如此。

汉字里的泪光

父亲的胆囊和胃一直很糟糕。从我有记忆开始,便记得父亲每年都要病几次。每次看到家里来了医生,看到父亲手臂上吊了盐水,看到母亲布满云翳的面容,我便觉得世界一片冰冷灰暗。

在我读小学之前,依稀记得那是一个没有阳光的日子,屋子里黑乎乎的。父亲胆囊发炎,卧在耳房内休息。母亲下田劳动,哥哥们都上学去了。寂静而黯淡的房间内和我小小的心灵里,满是没有着落的恐慌和哀愁。

忽然听到父亲喊我,我怯怯地来到父亲的床前,看到他的额上大颗的汗珠不时滚落下来。我害怕极了,觉得重大的灾难正双目眈眈,于暗处漠然无情地窥伺着我和父亲。

"你就快上学了,我教你写字吧?"父亲痛苦而冷峻的脸上露出一丝平和的笑容,他慢慢抬起手臂握住我的小手,将我拉到近前。我局促地站着,茫然无措地看着父亲。"来,看着:点,撇,横……"父亲侧卧着,边说边用手指在床沿上划了许多复杂的笔画,之后对我说:"这两个字念'煎熬',都是四点底。四点底表示火,煎熬就是把东西放在火上炖、煮。就像放在炉火上熬药。懂了吗？"我慌乱地点点头。其实，父亲圈圈绕绕，不留痕迹地在那块光滑的木头上写了些什么，我根本看不明白，他说的话我也似懂非懂，但是我不敢摇头，也不忍心。

父亲一向沉默寡言，每天家里田间，默默劳作。他是家中的长子，爷爷体弱多病，年纪轻轻便早已卧床不起。长子如父，父亲便早早替爷爷支撑起了这个大家。他不仅要照顾我们四兄妹，还要负责照顾我的三个叔叔，一个一个操心他们读书、成人、娶妻、立业。那时虽然我还很小，但是父亲辛劳的身影和心事沉沉的神情，已让我年幼的心早早告别了童年。他的每一声叹息都让我觉得心里很重，时光很漫长。他于卧倒病榻中得一刻闲暇，那么用心地教我写字，我怎么忍心学不会呢。

父亲见我点头，眼睛里意外地放出欣慰而又充满希望的光彩，把他的大手展开在我面前，说，来，写一遍给我看看！我迟疑了半天，终于颤颤地在父亲的掌心糊里糊涂地圈圈绕绕了一番，只有那两个四点底写得清晰而又肯定。写完了，我胆怯地低下了头，不敢看父亲，我为自己那些找不到来龙去脉的圈圈绕绕感到沮丧和羞愧。

屋子里那样静，我几乎能听到父亲额上的汗珠，一颗一颗慢慢地渗出来，一颗，碰碰另一颗，然后一行一行，簌簌趴进父亲两鬓的黑发……

父亲缓缓将身体放平，凝视着房顶的一处蛛网，不再作声，只吁出一声叹息。很轻，很深，很长。

后来我上学了，读小学，读中学，一路在学业的忙碌中慢慢长大。生活的艰辛无时不在童年、少年的时光里傲然茁壮着。然而那些埋首于书中的日子里，一直很少静下心来忖思，当年父亲为什么专挑那样复杂的两个字来"难为"一个那么年幼无知的孩子。直到读了师范，生活的节奏骤然舒缓，眼睛有了闲暇去观察这个纷繁的世界，心中一下有了大块儿的空间去细味生命的甜酸苦辣，很多生活的细节和场景，恍然擦亮了我内心的忧伤，让远时的记忆不断反刍。

五月回家，庭院空落无人。读高中的弟弟书本满案，在散乱的演算纸上，俯首读到他寂寥涂鸦的联语：家中锅灶冷，田间汗土热。茫然四顾空荡荡的寒舍，童年里那种无着落的恐慌和愁绪蓦然袭上心头，油然想起父亲教我写字的情景。

母亲为了我们极力克扣自己而严重营养不良，视力低下，夜晚出门常常摔跤。九月回家，看到母亲眉梢新印的疤痕，揪心地痛。无语低眉，油然想起父亲教我写字的情景。

十月国庆公假，黄昏下车，迈进故乡的陋巷，高高码起的花生垛旁，窝着瘦小的母亲。母亲的脚被板车轧伤，她坐在那里，用力摔打着一垛一垛的花生秧，为花生脱粒。头发上，眉毛上，落满厚厚的尘埃。父亲下田了，母亲因为不能移动，一整天水米不曾打牙。看见我，她布满尘埃的脸上绽出开心的笑容，干裂翘皮的唇，渗出了血。余晖温柔，刹那泪奔。那一刻，我想起了父亲教我写字的情景。

严冬来临，寒假在即，我没有回家的路费了，给父亲写了信。一周过后，我收到了汇款单。握单在手，转身木立于传达室的玻璃窗前，喉间有焦浓的咸涩阵阵上涌——那是我有生以来，相信也将是今生今世收到的面额最小的一张汇款单：十元！我知道父亲已经竭尽全力了。他是怎样凑足这个最小的两位数的？晚饭后，我握着这张汇款单，独自坐在球场的看台上，对着一天的星星，泪眼婆娑中，都是父亲教我写字的情景。

……

那时，那些举步维艰的岁月让我懂得了"煎熬"的全部意义，和父亲当年对着一个稚子书写"煎熬"时深心里的挣扎，苦楚和惆怅。

一年一年，就这样过了。

三十多年过去，大家小家都早已是富足甘美，然而，父亲用手指一笔一划写在我童年里的"煎熬"二字，却始终难以忘怀。每当我在黑板上写下"煎熬"这个词，指着四点底，对着孩子们灿若星辰的眼睛说："这四个点表示火……"我心里油然浮现的，却是那时父亲额上纷纷滚落的汗珠……

乡间纪事

今天终于不下雨。

儿子远行归来,校队训练暂停两天。于是我决定带儿子回乡间。

为了让刻板迂腐的父亲坚信,他对我的影响根深蒂固,我挑了一条最简约最朴素的棉布裙子,配了一双两根筋的平底凉鞋,挽着儿子的胳膊,轻轻推门,走进了爸爸妈妈的小院。

爸爸妈妈更苍老了,白发更多了,似乎也更加清瘦。唯一不变的是温暖慈爱的笑容。

儿子自从升入中学以来,就很少回到外婆的家了。爸爸妈妈看着这个已经一米八几的孩子,眼睛里流露出无限的疼爱和欣慰,笑着感慨光阴的飞逝。我儿亲昵地搂着外婆,调皮地讨外婆开心:"外婆,你不记得了吗?当年妈妈给我断奶,我绝食抗议,你就背着我在这院子里走啊走的!……"妈妈不说话,拉着我儿的手,左端详右端详,只是一个劲儿地笑。

夏日,乡间的天空是很小的,仰视所见都是碧绿碧绿的浓密的枝叶。风过时,荡漾着叶子沙拉拉歌唱声音。薄阴的天气,太阳偶尔露出一个虚迷的笑容。雨水冲刷过后的台阶是那样干净，我慢慢拾级而上。绿茵掩映，站在二楼的廊间，只消轻轻地递出手去，就可以触摸到闪闪发亮的叶片。

俯视小园，我心安详而温暖。

上次我来时，妈妈园中的芍药开得正盛，如今已经凋尽。去年的那丛菊，今年似乎长出了三倍的面积，碧绿茂盛的植株尽情展示雨后的生机。

静静地看着爸爸妈妈在楼下院子中洗菜，想起了雨天的一个下午，我看了一部很动情的电影，听着剧中母女令我流泪的对白，我知道，我这辈子也说不出。不是我想不到，也不是我不够深情，只是我说不出。从前是。现在更是。心下明了，越是深挚的，越难以出口。

昨日在熟睡的梦中，我看见了母亲，零碎的片断里，我看见母亲静默的面容上，缓缓爬下一行泪，梦中的我，立时心肺剧痛。

能够温暖或割伤人心的，总是爱和亲情。

陪妈妈一起包水饺，听爸爸和我儿聊学业，小侄儿绕在左右，拿他那些好吃的招待我……就这样坐在一起，互相看看，自自然然吃顿饭，幸福，平实却温暖可感。

还用说什么吗？也许什么都不用说吧。

母亲在我身边

母亲来的那天，我重感冒。

通宵地赶稿。交了手上的稿子，安心地病了。儿子远行夏令营，我竟没能帮他收拾行李，送他上火车。

繁忙的戛然而止，儿子鸟一样的远飞，梅季的突然撤离，我的心，空了。

放纵于病毒带给我的疲惫和沉默。窗外的阳光如此虚迷。

母亲看着我寥落的神情，小声问我："闹意见了？"

我半躺着，抱着笔记本，漫无目的地浏览图片。"没。没有。好着呢！"

母亲如释重负。她总是这样，生怕自己的女儿受了委屈。一边帮我整理阳台上摘下的衣服，一边对我说："你不要太过问他的事情，只要他记着你和孩子就是了。"

"嗯。"我顺从地点头。

"就算他偶尔在外面对别人好一点，只要对你还像以前，你就别出声。男人啊，都是一样的。"母亲又像以往那样教育我。

"嗯。"我依然顺从地点头。嘿嘿,这都哪对哪呀?我不解释。只是一味地应着,让她安心。

中学以来,一直在外面读书,接下来在外面工作,和母亲交流的机会很少。这么多年,一直行走在自己的世界里,书、音乐和宁静的黑夜,是我最亲近的朋友。外面的世界,离我很远。我是一尾鱼,孤独才是我畅游的海。我没有给母亲了解我的时间和空间。因此,母亲常常为我白操心。

相对于母亲古老的"宽容爱情论",我更倾向毕淑敏的极端。——恪守"全"或"无"的铁律。没有零点几的折中。我学不会。一直都是这样敏感和任性。

母亲太不了解自己的女儿。也不了解女儿的幸福。是太多的关怀和呵护,让女儿益发的脆弱和依赖,她的世界里逸满温暖,让她总是恋在蜗居。

手里握着那只温润的坠子,想起共同走过的日子。不觉间,傻傻的笑和傻傻的泪,一齐爬上腮边。"看你,孩子刚走,就这样。"母亲不懂我的心事,也不善言辞。她一时间竟很轻松,欣欣然的样子,去客厅端纸巾盒。

我笑了。

下午的时间,一直和母亲靠在床头,看我十年前工作中留下的一些光碟。母亲感叹着岁月的流逝,眼睛里涌满温柔,她似乎又看到我一路迈着蹒跚的脚步,奔向前方她张开的双手。

母亲看着光碟里的我,我偷偷打量着母亲。看着母亲苍老的侧影,我很想无言地伏进母亲的怀里。然而,我一向是个很少和父母亲昵的孩子,终于没能。

第四辑

深 爱

良月夜

　　似乎终于可以轻轻地喘息。

　　送走最后一位家长,和车一起无声地行走在夜色之中。繁华的霓虹灯淡化了夜空中的星星。

　　今夜的风很暖,Party 的热闹与喧嚣就那样戛然拉长了焦距。仿佛就在一垂眉间,尘埃落地。

　　很久很久没有遇见朋友,今夜忽然相逢。淡淡一笑。

　　这是梅子一位多年的文字朋友,清风明月的那一种。

　　朋友说,今天在网上看到一个佳句子。"从此不爱良月夜,于今无语下西楼。"

　　我笑,看来我们正在同一个论坛,浏览同一个网页,心下一暖。

　　于是话题从"良月夜"展开。

　　我说,我爱良月夜。良月夜里应该有窗前相偎的重影,应该有灯下的举案齐眉,应该有牵手的风中漫步,应该有耳边的温存软语,应该有一个热乎乎的掌心印在你的头顶或是肩上……而"明月夜"所多的只是一份公函式的坦率和明朗。明月夜固然可爱,可是身为一位感性的女子，我更爱良月夜的那份人文。

朋友说，共识！"良月夜"实在比"明月夜"更有内蕴！然而"下西楼"三字的意象更能触动内心的柔软。它特能传达一位落魄书生内心的嗒然与荒凉。

对此，我却另有其解。我以为，"下西楼"的应该是一位水袖女子，亭亭袅袅，衣袂飘飘，步履无音，脊背挺直。在如水的月光下，返身而去。这三个字的意象是如此含蓄而坚定的传达了了悟人生之后，无言退至灵魂深处的一种淡然、从容和决绝。

性别差异也是阅读体验个性化的一个重要因素。——我们都笑了。

很多时候，不同的际遇里，怀着不同的心情，一时一地一物，看到的未必是相同的风景。

夜深了，我轻轻滑开落地窗帘，半个月亮恬然挂在夜空。好安宁啊！拿起手机，拨通先生的电话，传来呓语：几点了？你睡醒了？

我说：你看月亮了吗？真的很美。

良月高悬，怀念我常常站立的那片窗子。

潸然泪流。

相爱不易　相守很难

今天有些张狂。

一位曾经好感于我的男士，局里公干，到我的办公室小坐。

夸张地恭维女士的容颜和气质，恐怕是少部分男士的习惯和特长。介于此，太有自知之明的女士往往令人讨厌。在此等男士面前，我永远都不能像个傻傻的女孩儿，享受着甜言，眉目流蜜地摸着自己的眼角或是下颌，情不自禁地沾沾自喜。

浏览网页。

浅笑不语。

还是当年的你。尤其是性格。他说。

尴尬中，时间似乎过得特慢。"我去给你倒杯水。"我起身拿了个纸杯，走向饮水机。"当年，大家都说你是只鸽子。"他接过水，"那年夏天我在林荫道上见到那位先生带着你散步，快做妈妈的你还是那么漂亮。觉得你嫁给他有些委屈。我们俩才般配。"

"是吗？"我笑。有淡淡的嘲讽。端起茶，举至平视的高度，转动透明的杯子，认真地看悬浮舒展的茶叶。"你没有读过《成语故事大全》吗？我儿子有，借给你看看？第二辑里有个《买椟还珠》的故事。不同的人取舍事物的着眼点不同，依据不同。兼得形式的同时，我更注重内容。当然，对于那个还'还珠'的人，也可以理解，毕竟那'椟'的形式的确华丽美观。其实你爱人真是个很不错的女人，但是大家始终费解的是，她究竟取的是'椟'还是'珠'？呵呵！"

"哈哈哈……失之浅薄！惭愧惭愧！"他自嘲地大笑，"我还有事，得走了，改天请你吃饭。"

"谢谢，免了。"浅笑。送出。

碰上门。放下一脸的淡漠，静坐在纷飞的往事里。陷入岁月的深处。

当年先生争取爱情的举措，在这座小城里被知情者传为经典。那时我不懂爱情。抉择之中的我，如同歌德笔下的维特，独步在阳光与垂柳的堤岸上，恍惚如在梦里。对爱情的幻想，犹如诱惑的彩色眩着维特的画家之梦。犹疑之中的维特，从衣袋里摸出小刀，穿垂柳掷出。他傻傻地对自己说：若是能看见它落下，我就能成为一名画家。那寂寞的一挥，让我眼湿。我的多情和敏感，赋予了那寂寞的一挥以更多的矛盾和无奈。茫然中，幼稚又消极地想，即便以后与幸福无缘，但仅记取这段被"高置"的历史，那一纸薄证会无言宣读曾经的灿烂。

于是，我学维特，寂寞一挥。将自己滑过青春的光环，扔进了先生的怀抱。

思绪穿行于十七年的长空，往事点点滴滴，爱情曲曲弯弯。磕磕碰碰中，日子渐益厚重丰满。如同两个孩子合作练习"三足跑"，一点一点感知对方的步法、速度、节奏，一点一点感知对方的心意、方向、理想，直至默契得步履从容，随心所欲，挥洒如一；直至今天这样如同一只刺猬，不容对方遭受一丝的侵犯。

我不愿意刻意地去追问爱情的真谛，只知道相爱委实不易，相守的确很难。

岁月如同流水，以它无形的、缓慢的、却是无比坚定的力量，不可遏止地磨蚀着生命的激情和光彩，爱情却如同一坛陈年的酒，默默窖藏中，日渐甘醇。

生命如花。爱如蜜。剥尽繁华，直视爱情的本质，心如斜阳下的静海。

游走于往事的花香中，我笑着流泪。

淡淡相知　默默相守

偶然读到一篇解读茶壶的文字，文末这样写道：

一把好壶，它必定要有这样的本领和这样的经历：承受了一个好主人的关心与爱，承载了主人和他的知己多年的欢乐忧愁，承载无数友谊的记忆。有这样的一把好壶，就是一个人独斟自饮，也是会微醺的。品饮之前，双掌捧起摩挲把玩，或许不曾喝茶也已有了几分醉意。

瞬间入心。

本不是一个嗜茶、懂茶的女子，但尤爱茶淡而静净的情怀。

似水流年里，也曾遇一位真正的茶人。清风明月，行走于俗世，却飘然绝尘。我常想，他前生定然是鹤，优雅独立，却又温暖而并不孤绝。

众多的茶叶中，茶人独爱铁观音。人亦如茶，纯正典雅，自然诚挚，沉实中有微微沧桑之色。

每每夜静人定，茶人独处一室，与壶无语相对。一匙茶叶，一壶开水。茶，投入茶人的性情，水，递去壶的心意。茶来水往，心意融通。静寂中，淡淡清芬，似空谷幽兰，若隐若现，伴轻盈升腾的水雾，无声氤氲，感同三月的杏花雨，四月的杨柳风。高山流水，渔舟晚唱，如一脉泉，铮铮蜿蜒于岁月的九曲长渠，点点漫过幽深的往事。一杯在手，茶洗尘埃，心清如水，物我两忘。于是，人与壶，便那么不期然的，一同陷入一种遐思，化入一种禅境。

茶人懂茶，且懂得养壶。岁月更迭中，不论世事怎样变迁，茶人性情稳重如一，始终以铁观音投壶——他深知并尊重壶的喜好和拒绝。茶人的知与惜，使得壶始终得以幸福地做自己。

壶知茶人，且静默贴心。长夜孤灯下，它感知着茶人最真的爱，最深的忧，最切的痛，伴读了茶人最愉悦的笑容，最伤怀的泪水……并倾尽内心的微甜与绵醇，抚慰以清芬和温暖……

年深日久，就那么渐渐浸透了彼此。

壶知道，自己很普通，只是批量涌出的紫砂中极不起眼的一只。只因得了茶人的知与惜，使它成为了最幸运的一只。同时，它益发小心地保护自己，疼惜自己，修正自己，坚守自己。漫长岁月的洗礼，成就了它的内敛和黯然。

壶不担忧，岁月告诉它，茶人有心。不论外面的世界多么纷杂，前路多么艰辛，茶人都会长相陪伴、细心呵护，给它从容穿越的信心和勇气。

壶也知道，这世上，可以传达情义的方式很多，但它不慕老烧的浓烈奔放，不慕玫瑰的浓艳芬芳，不慕笙箫歌舞的繁华，它只想淡淡的，想远离尘嚣，在宁静的时光里对坐，不置一词而心有灵犀。

英国浪漫主义诗人济慈有语，听得见的声调固然幽美，听不见的声调尤其幽美。

深信此为确谈。如果有人问我，可曾遇见过世间最美的相知与相守，我定无疑作答：唯此好壶与好茶人。

实质上，世上最默契最长久的知己，往往若此：淡淡相知，默默相守。

对视爱情

已是一个波澜不惊的女子。

很久以来，总是以一种散淡和慵懒的心境疏离爱情的话题。三十多年来，踏着岁月的悠歌，一路走来。今天的自己，对于爱情，更多的时候，只愿无言怀想了。

然而，一年一度的情人节，再一次带着几分媚惑几分轻佻，渐渐近前，却不能不让我对着"爱情"两个字，重新陷入沉思。

每当我走在洒满朝晖的街道上，看到衣着前卫的男孩女孩，从路边的网吧里走出来，如胶似漆地粘在一起，心里总有一份俯视的坦然和从容，从心底里主观而又偏执地认定，这个时节，他们绝不懂爱情。

你不信吗？世界就是如此微妙。花期到来的时候，人们在春天的缤纷和喧闹里漂浮迷茫，遍野降白落叶铺地，人们却在盛开的菊花前怀念玫瑰的高贵和冷艳。犹如思悟总是在行为之后，爱情也似乎总是比青春迟钝半个节拍。

对于爱情，我是个怀有英雄情结的女子。青春年少的我，一向都是独坐一隅，寡言少动，不可思议的是，我理想中的爱情却在马背上。那应该是一位高大英挺的剑客吧，侠肝义胆，除暴安良，一柄在手，舞满天下。刀光剑影中，回眸贴在后背的红颜，深沉冷静里流露万种柔情。晨踏霜露，晚沐斜阳，一骑翩翩，信马由缰。我将这一幅图景置于视野的深处，遍视身边的男孩子，以意识一一抱其上马，细细审视，叹无周瑜的飒飒英气，叹无霸王的盖世之威，更无太宗飞草的飘逸与豪情……失望。那的确是一个英雄式微的年代，无奈在瑰丽的黄昏里，独自持缰上路，"得、得"怅然踏过青春的荒原。

现在想来，苍茫一笑。

那是一种人间烟火之外的爱情。

也正是在那个充满幻想的时节，偶然读到关于贺子珍和毛泽东的文字，这么多年下来，时间地点、大部分情节均已经淡忘，只有一个细节依然鲜明深刻地印在我的记忆里：贺子珍长久独居的日子里，毛泽东忽然造访，转首相视的刹那间，子珍怦然倒地。那时我暗自讥笑笔者的夸张。即便毛泽东的确是挥斥方遒，气吞山河，然而与我心中的英雄还是不愿等列，子珍实在不至于此！直到有一年，我真正遭遇了爱情，蓦然想起那个细节，心痛不止，泪水奔涌。

一无所爱的岁月里，独自行走在文字的世界，和所有的女子一样，敏感于爱情。常常于迢迢清夜之中，冲一杯不加伴侣的咖啡，在清冽的苦香中，聆听不同版本的《梁祝》、读忠义智勇的楚霸王，读焦仲卿与刘兰芝，读宋庆龄与孙中山，读巴金与萧珊、读罗密欧与朱丽叶，也读卡米拉与查尔斯……直到四月一个落雨的长夜，读尽沈园情梦。"怕人询问，咽泪装欢"的深挚无告，"几年离索""锦书难托"的"一怀愁绪"，直读得那一夜的我，肝肠寸断，却滴泪难流。也从此不再读爱情故事了。

其实，行笔至此，已是心意阑珊。因为我深知，那个深情、凝重、坚贞不渝的时代已经渐行渐远了。

在风行"粘贴""复制""格式化"的时代,爱情常常随着"咚咚"的"敲门"声在QQ面板上昙花一现,然后在"黑名单"里瞬间凋谢,从生到灭,或许就是一两个夜晚甚至一两个小时的过程;互联网宛如筋脉通抵四肢一样通抵世界每一个角落,于是人们可以用真实的RMB在虚拟的世界里婚迎嫁娶,传宗接代,演绎悲欢离合……

当年坐在上演《泰坦尼克号》的剧院里,听满场唏嘘,我痴痴地想,相对于沈园的旷世悲情,巴金与萧珊的甘苦与共、国父国母的志同道合、查尔斯与卡米拉的三十余年苦恋……泰坦尼克号要沉入世间哪一片海域,才能拥有无愧的深度?!

行走在今天的现实里,常常觉得自己的心,犹如身无片甲、策骑沙场的士卒,呼呼的风声里,听利剑飞羽,太容易感受疼痛。

外面已是阳光灿烂,不曾想,抱着电脑看了一夜的《血色浪漫》,再续残章,已由昨夜守来今朝,只是日以继夜不见断痕,思绪的延伸却今朝不同昨夜。

罢了!爱情就说到这儿。

爱的姿势

有时，我想，我只是一株失语的莲。

我宁愿，以一种沉潜的方式，在安宁的午夜，从容地煮一杯咖啡，醉在袅袅的醇香里，看往事点点散作飞花，在记忆的天空腾挪、漫卷，在岁月的深处沸沸扬扬。

却不愿，将心底的歌，唱出声响。

我宁愿，在温暖的黄昏，淋一背灿烂的斜阳，以翩飞的十指，将心情舞作风中飞扬的长发，让矜持和清傲扶直我瘦弱的脊背，等那只染满爱的温度的手，轻轻落在我薄薄的肩。

却不愿，以不确定的文字、不确定的幽怨，去召唤一份不确定的情感。因为我坚信，当爱需要大声召唤的时候，他的距离已经远得听不见。

我宁愿，细数每一个幸福的情节，来甜蜜独处的时光；以欢快的敲击，驱尽牵挂的彷徨；通宵嗅着纸香墨香，畅享夜的悠长；对着电话傻傻地笑，换来你放心的一声长舒……

却不愿，在我们分离的空间里陈列思念的忧伤。

只要自己心中的爱还活着,幸福便会如同窗下的黄玫瑰,长开不败;忧伤也可以在如水的凉月下,绽作满园华美的牡丹。

　　在爱的滋养中,以文字为伴,安详而幸福地生活着。直至冬日临近的某个清晨,满足地握别身边的那只果子,含笑投入大地的怀抱。

　　瞭望苍茫的天空,轻轻浅浅地笑。

　　垂下眼帘,掩起我心中那座明媚的天堂。

老男人，我愿意为你数钱

先生即将别我南行，我回到先生工作的地方，送他。

先生的应酬总是很多，但我很少随他一起出来吃饭，除非是先生的至亲好友。一来是天生愚笨，不太会讲话；二是不喜欢喧嚣的氛围；三是外面污染视听的东西实在太多。偶尔出来吃饭，先生总是预先戏谑式地安民告示："我女儿不善言辞，只负责吃饭，你们别介意啊！"于是，我便获得自由，免去敬酒、说废话等等繁文缛节，只须坐在先生的近旁，吃先生夹给我的菜，喝先生装给我的汤，然后开开心心拉着先生的衣袖回家。

今天，为先生送行的都是先生很铁的兄弟。人高马大的兄弟们，依然如同过去，夸张地排着队过来见礼，戏称我"小嫂子"，仿佛我是二房。知道他们调皮，习惯了，我只是笑。

席间，先生依然如同在家里的餐桌上一样，将我爱吃的鱼，挑掉大刺，夹进我的盘子，并警告他的兄弟们："鱼，你们就别吃了，省给我女儿吃！"看着他们无辜的神情，我傻不愣登地笑。一兄弟大发感慨："嫂子啊，瞧你被他哄得！恐怕这个老男人把你卖了，你还喜滋滋地为他数钱呢!"

"我愿意为他数钱!"我很认真地说。没有任何调侃的成分。因为不论什么时候,先生这样的动作,都会一样深情地唤起我内心的感激和温暖。即将别离的日子,让我不舍。我感觉自己的笑容里不能自制地爬上了泪意。

我的严肃,总是这样的不和谐。

餐桌上鸦雀无声。我低头吃鱼。但我能清晰的感应到先生的动心动容。

他伸出温暖的大手,搔搔我的头发……

曲终人散,走出酒店,已是星斗满天。因为再一次分居两地,很久很久没有和先生一起环城散步了。相牵走进夜色。春天的风,温暖缠绵。四顾无人,先生蹲下来把我背在了背上。环城路上高高绽放的华灯也瞬时变得分外的柔情和羞怯。我看见满天的星斗都笑弯了眉眼。

儿子就快十七岁了,先生已经四十挂零,成了兄弟们所说的老男人。这样的时节,本是激情燃尽平淡如水的岁月,可是我们的爱,却依然水静流深,甜蜜酣醇。

怀着儿子的日子,我从未自己动手洗过头发、洗过澡,他总是说我太瘦,这些事情做起来会很吃力。婆婆对公公说,你看我们的三子,多会疼媳妇儿!每每此时,先生总是故作聪明的样子:"妈,你不懂了吧,我这是在用十个月的辛苦换一辈子的安逸,很划算的噢!"

小家新建的日子,为了减轻父母的负担,两个一穷二白的傻瓜唯一拥有的财产就是一张结婚证。日子过得很苦,他却始终没有在我的天空飘过一片阴云。每个月72元工资的他,出差花了68元,只是为了替我买条裙子。我心疼地抚摸着那条漂亮的裙子问:"咱不过日子啦?"他拍拍我的脑袋说:"过日子,是男人的事,不用你操心。你只管漂亮！"一次月中，加上儿子，三个人只剩下五块钱，我问："老公，怎么办？"他抖了抖手中的纸币，哈哈一笑："当然是先吃光它！"

先生出差洛阳的日子，一个黄昏，我拨通先生的电话，很想很想告诉他：垂杨柳已经风情万种袅娜满城，法国梧桐树一夜之间鼓满了芽苞，那些草儿不舍昼夜地往外钻啊钻……站在疾驰的时光的洪流中，我的心充满恐慌……可是对着电话，只有一行又一行擦不断的泪。两个月的行程，只因为电话里下的那场雨，缩水一半。

……

我说，先生总是那么从容，似乎从未慌乱过。妈妈说，你生病昏迷的那个雨天，他抱着你，跑掉了一只鞋都全然无察。

我说，先生总是充满阳光，似乎从未忧愁过。妈妈说，你沉眠未醒的时候，他一言不发，坐在你的床前，泪水一串一串的，胡子一夜之间密密匝匝。

我说，先生很粗心。妹妹说，他替你买葡萄干儿，只差一粒一粒地挑。

我说，先生总是让着我。婆婆说，在家里，从小到大都是别人让着他。

我说，先生很大度，从来不和我计较。婆婆说，大学时，因为老爸拆了他的信，他耿直了脖子，坐在夏夜里通宵示威。

……

相识一晃十九载，匆匆奔流的光阴里，我的头顶始终都有他张开的手掌，也许挡不住所有的雨雪风尘，但有人知道我什么样的泪水是真心欢喜，什么样的笑容藏满伤悲。在这片努力张开的手掌下，我从没有受过一丝一毫的委屈。心是晴的，记忆才不会潮湿。

十九年的光阴，有多少个日日夜夜，我没有计算过；十九年的光阴，经历了多少的辛酸和感动，我没有细数过。但是我深深深深地明白，那一切，是有形的文字所无法描述和涵盖的。那些并不轻松的岁月，却没有让我感到一丝的沉重。只是那时我太年轻，不懂得先生粗疏背后的细腻、随意背后的深情、笑容背后的艰辛。融融夜风中，搂着先生的脖子，面颊轻轻蹭着先生滑爽的头发，听先生笑谈那些早已谈了一百遍的陈年往事，泪水在星辉中，如同闪亮的小溪，酣然涌流。

很多时候，日子是需要回首的。在岁月的漫溯中，我们才能静心体味情义的分量，才能懂得貌似平凡的珍贵。在这个灯红酒绿诱惑重重的年代，婚姻大厦的倾覆对于当世人心，已不及微风斜过水面。每思至此，我总是万分欣慰。在这样一个彭湃不安的年代里，拥有这样十九年的光阴，人生已是足够奢侈。看着这个为了我和儿子的安逸吃苦受累无怨无悔的男人，看着这个在夜色中背着我幸福絮语的男人，我心疼惜：拿什么来报答你，最疼最宠我的人？我很想对他说：假如有一天，你真的像兄弟们调侃的那样，舍得把我卖了，我最亲的老男人啊，我愿意为你数钱！

真的，我愿意。

公 公

家里有多少位老师，我没有数过。回到妈妈的家，二哥、二嫂，加上我，都是老师；到了婆婆的家，几乎就不用数了，公公、二哥、叔叔一家、姑姑、姑父，大约有十几口了吧。从教研员到中学教师，到小学教师，到幼儿园阿姨，可谓应有尽有了。公公说，当年爷爷就是私塾先生呢。先生打趣：都回来吧，让爸爸建所学校！

我们最敬重的人就是公公。

公公是一位老教师、老校长，写得一手好字、一笔好文章，当年曾是九年制义务教育教材的编委，被誉为"小教一支笔"呢。每次回家，给我印象最深的就是，总看见他带着眼镜，坐在门前的小板凳上看书，看到开心处，常常像个孩子呵呵笑起来。

吃饭的时候，便是他谈书的最佳时机了——有一大批听众呢！他一生有六个孩子，还有孩子带回的孩子。我回去的次数不多，却感受着他谈书内容的渐渐改变。公公退休不久，每每多谈教育、教学经验的积存、论文的撰写，什么"疏可走马，密不透风""管中窥豹，一叶显秋"，津津乐道，一脸生机。（那时我和二哥都是教研员，自然就成了他的重点教育对象了。）也常常讲一些文人的"酸"故事，逗得满桌子的儿孙前仰后合。后来开始谈种菜、谈落花生，现在谈的最多的便是关于酒和养生，我先生便成了他最为得宠的知音了。

公公挂在嘴边的话便是"开卷有益"。在众多的孩子里，他最喜欢大哥和我。大哥是位水力设计方面的高级工程师，幽默睿智，聪明勤奋，又最会逗老人家开心，是公公的骄傲。我和大哥最少回家。每每吃饭谈书作罢，公公总会致闭幕辞一般，对其他的孩子们说："你们要是都能像大哥和三姐就好喽！"于是大哥看着自己的妻女，得意地笑；先生则夸张地拍拍我的脑袋："小丫头，最高权威授予的嘉奖，能干！"

公公很少来我们这里。我儿尚幼时，他来，我坐在阳台上批改学生的习作，他总是忍不住跑过来翻看。待他回老家后，先生告诉我："爸说，你将来准是个好老师！"当时我心里很甜，向来没有什么理想的我，似乎有了一些朦胧的目标。现在每次回老家，先生常常对公公翘起拇指戏言："老同志，好眼力！佩服！"我在一边傻傻地笑。

公公时常来了兴致就写几笔，留下一些别致的小文章，收在那里，等我回了老家，就拿出来让我欣赏。公公总是以为，对此，我是他老人家的知音。先生在兄弟姐妹们面前为我的得宠而自豪，夸张地搞出许多骄傲的表情。其实我开心之余又很惭愧，我的一知半解和公公丰实的底蕴相比，只是一个小学生罢了。

公公是个看似严肃其实相当温和的人。两个妹妹已经结了婚，回到家里还是无拘无束地趴在他的背上，坐在他的腿上。看着妹妹们自由顽皮的样子，我静静站在一旁，心中羡慕之余又黯然神伤——我的父亲很严肃，他的表情总是让我畏惧，从小到大，我不曾有过这样的待遇。每每此时，先生总是悄悄拍拍我的肩膀，悄声安慰：没事儿，我补偿你。

　　虽然家里这么多孩子，公公从未因生活的艰难和婆婆吵过嘴。因为两地生活，公公回来总是包揽所有的家务。文革期间，公公曾被下放农场做了两年的炊事员，练得一手好厨艺，兄弟姐妹们都戏称他"二级厨师"。每次我回来，"二级厨师"必定亲自下厨，做我最爱吃的藕合子。虽然我不善交流，但是我和公公彼此印象都很好。

　　如今，每当我看到有生不识愁滋味的先生，只要坐下来便顺手抓书，看到他为我剪报、买书，看到他和儿子就像快乐的兄弟，我内心便对公公充满感激，便会不由自主地想起居住在城郊万亩荷池间的那位慈祥的老者，一种心灵的亲近，油然而生。

泪

今天是婆婆的五七祭,我请假随先生来到公墓看望她老人家。

默立中,念及那些为母亲流泪的人。

先生一直是积极乐观的。与先生相伴的 20 年来,我知道先生流过两次泪。一次是在十二年前,我病愈返家,续写日记,看到多处泪水打湿的痕迹;再一次就是婆婆辞世的日子,亲见泉涌的泪水不断穿过镜片,奔流而下……婆婆卧病的日子,他常常深夜翻身坐起,默默在黑暗中抽烟。想起他在两个城市间奔波的疲惫身影,忽然揪心地疼。立于一侧的我,不由双手轻轻拥住他的臂,无言贴紧。

也想起另一位母亲。数月前,多年的文字知己忽然久无消息,心牵挂,于是问:"可好?"答:"母亲病了。"闻言,心一沉,急问:"严重吗?"答:"是。近来日间处理好必需的事务即奔沪陪护母亲。不想说与人知,总是未语泪先流。"读简短的回复,遥想远方灯下的母子,寂静的夜里,执手而暖,不时轻言细语地交流。母亲啊,你虚弱地微笑着说了些什么?为何儿子温和的眼睛里总是闪烁着晶莹的泪光……

还有一幕很难忘怀的情景：朋友的母亲已然逝去，在主持别人母亲的洗尘宴上，触景伤情，举杯之间，禁不住泪水潸然。

思至此，默默泪下。我看到了男人粗疏掩饰下的最真实的面容，最真挚的情感，和不肯轻易流露的脆弱。深深体味透彻这样一句话：世间最高贵的情感多羞于表白，最深挚的体验往往拙于言词。

爱，是世间最圣洁的字眼，在我每一本纸质日记的扉页上都用楷书一笔一画地写着一个"爱"字。在我看来，它深厚广博，是生命全部内容和要义的最深刻、最温情的内核。你看见它，心会在一瞬间平静下来。与之对视，你的心会一点一点变得澄澈、柔软，稚子般的明亮纯洁。我从来就深信不疑——这世间存在着至真至纯至诚至爱，而此中，母亲与孩子之间的爱，当最为无私、最为贴心、最不饰雕琢，也最能感人至深。

1997年夏天初读张炜，曾录下一个句子：爱母亲是一个重要的标准，不爱母亲就不会是个洁净的人。

是的。不爱母亲，便与善无缘了。一位不爱母亲的人怎会真爱自己的妻子、珍爱自己的朋友？！

此生怕见男子落泪，犹如不能接受松树落叶。彼情彼境，令心疼痛。亲人、友人默默为母亲滚落的泪珠，颗颗都是钻石，它们是我人生一笔巨大的财富，令我无比温暖无比珍惜。

我用心中最无尘的情感爱着他们，爱着母亲。深沉地。永远。

留恋厨房

晚饭过后，与先生漫步于夏日黄昏，交流着我们的儿子和未来，快乐在风中飘扬。

途中偶遇先生的朋友，路旁闲聊。中国人见了面，传统的问法绵延至今：吃了吗？吃什么？……呵呵，由此延展开去。一直聊到了厨房革命。对方的妻说："我们的目标是无厨房家庭！"当时不及深思，一笑而过。

继续散步的途中，先生说，他们的新办公楼还有一个月就要竣工了，那里离家有二十分钟的路程呢！中午大家都留在单位吃工作餐，儿子在学校吃食堂，我们家也快要成为"无厨房家庭"了。

回到家里，进得厨房，愣愣地用目光抚摸每一件留有我掌心温度的厨具餐具，竟觉得怅然若失。

当代的女孩子说，世上的好男人只剩下刘义伟了。不敢苟同。也许像我那个时代的女人，都如同我一样的传统和保守，总以为，太贪恋厨房的男人缺少走四方闯天下的雄才大略。所以一直独霸厨房，得意地以为，厨房，才是女人抒写爱情亲情最完美的天地。

每逢周日，总是早早起床，来到净菜市场，几乎累断了手腕，提回这样那样的足够一周享用的各种肉、蛋和蔬菜。摆在厨房的地上，一一打开方便袋，择好，洗净，再一一分袋装好，码进冰箱的储藏室里。然后带上胶皮手套，将每一个角落都擦洗干净，让每一件器物都发出熠熠的光彩。退至厨房的门口，欣赏劳动成果，呵呵，那分喜悦是无以言表的噢！

至此，上午的工作就算圆满完成了。

周日的下午，该是包饺子的时间了。先生和儿子最爱吃饺子。所以虽然我自己极不爱吃，还是欣欣然跑去了超市，提回一包肉馅、一包饺皮、一把芹菜，回到厨房里细细操作：将芹菜去了叶子，切得细碎，撒了细盐，捏去过多的汁水，然后将肉馅、葱末、姜末、油、盐、胡椒粉、鸡精等等一股脑放进去，喷上些许老抽，细细拌匀，取来我自制的专门放饺子的圆形纸板。一切准备就绪，打开厨房连着客厅的窗子，让理查德·克莱德曼开始为我演奏。在那舒缓流淌着的乐曲里，那些经过我的双手精心美了容的饺子，染满温情，热乎乎地走成螺旋形的队伍，一板儿一板儿被送进冰箱的速冻室里。

周日，就这样恋在厨房里度过。

以后的每个工作日，家中那两个高大的男人的笑容，就会从清晨捧上的那一碗热腾腾的饺子开始，在中午及时而丰富的午餐里延续……成就感就在欣赏笑容的那一份甜蜜里。

可是，这一切真的会随"家庭革命"席卷而去吗？先是怅然地目送手写情书的时代渐行渐远，接踵而至的是手织毛衣被冷落进衣橱深处，夫妻的睡房搞得像宾馆的标间，家务劳动由家政先生小姐全权代理……那种老式的家的熨帖感正在不可遏止地逐日风化着。

我赖在厨房，久久不肯出去。伸出手去，摸摸我精心挑选的白色桌布，蓝白相杂的瓶花，还有别致的筷笼、牙签盒……这一切早已沾满了我的味道。一种深深的眷恋自心边升起。私下以为，家庭革命革掉厨房，岂止是革掉了女人一个抒写温情的天地，同时也革掉了女人一个散漫小资情调的乐园！

先生不见我的踪影，到处伸头探脑，从厨房将我拉出，摇头叹息："世上还有这等傻女人，不懂享受！"

我不想搭理，只是兀自失落地问："那晚饭还回来吃吗？"

妈妈，想你

妈妈，我醒了。

黄昏隐约的市声里，我以为我熟睡在你的怀中。

梦里，我看见一行泪缓缓爬下你的面容。妈妈啊，一路灼热，好痛。——它就那样，缓缓地，缓缓地，在我心上拉开了一条长长的伤口。

我披衣下地，来到梳妆镜前，细细端详一张素净的面容。妈妈，我想寻找你的痕迹。

指尖轻轻滑过额角，抚过眉梢，趟过眼角的鱼尾纹，一点一点移至脸颊、唇边……妈妈，我长得像你吗？

我想你了，妈妈。我仿佛看见你在乡村的小站口，一直一直地在张望，张望。

无数次的，我在黑夜里醒来，轻轻撑住双手，默默将背靠在床头，指尖探寻着腮边温暖的溪流，我知道了：原来梦中的人也会真的流泪。

拿起梳子，对着镜子，慢慢梳理微乱的长发。高高的，我在脑后盘起一个发髻,意欲就此绾住潮涌而来的、致密而又绵长的思念。

窗外的灯火驱尽了暮色,点燃了黑夜。

趴在阳台的窗口,心,生了翅,穿越丛林般的楼宇,飞过夜色和田野,回到了你的身边。妈妈,灯火里,你的脸,这般地慈祥又温暖!

不知不觉地,往事如同一部古老的电影,随我汩汩而下的泪水静静回放。

我是想你了,妈妈。

第五辑

兰　心

从容而优雅地为师

生来就是一个安静的女子。

无法像小鸟那样欢腾雀跃,也没有穿透时空的清脆嘹亮的声音,所有的只是一份文弱和腼腆。然而,豆蔻年华时,来不及谱写人生的蓝图,来不及勾勒梦的轮廓,命运之神便戏剧化地顺手将我轻轻丢在了神圣的杏坛之上。

我,成为了一名师者。

我忧虑,我不具备师者的特质。师范毕业的时候,心中忐忑。美术选修班的老师——我亲爱的"老爸爸",慈祥地对我说,去吧,不用担心,大海有大海的波澜壮阔,小溪自有小溪的清凉幽美。于是,我带着这句话从容上路。

光阴如同白驹过隙,转眼十九个春秋飞逝!回眸走过的岁月,深深浅浅的脚迹,快意抒写和诠释的竟依然是那个女子不变的从容和优雅。

我的声音很小。但我绝不能容忍自己脖筋高挑,声嘶力竭。于是进班的第一天,我便会交给我的孩子们一些最常用的肢体语言。

于是我不必赘言"请安静""打开书""身体坐直""大声朗读""开始临写""课中游戏"……不会断裂孩子们投入的思考，也不会破坏我流畅的课堂语言的美感。日子久了，一个动作、一个眼神儿，都可彼此会心，像呼吸一样自然而不可或缺。我听到一位师者似水如歌的声音，顺利抵达教室的每一个空间，潺潺流进每一片小小的心田，感受着有声与无声的和谐穿插，感受着师生水乳交融的默契配合……如鱼得水，好不惬意！我喜欢以轻扬的手势，嘉许的眼神、爱意的微笑，让我的孩子们统统"归顺"！我迷恋这种"一挥百应"的从容，我迷恋这份"无为而治"的优雅！

我没有教鞭。在现实的课堂中，它更多的意味着惩戒。而惩戒，是在心灵无法被征服时才会使用的强硬手段，是师者的无力和无奈。将那生硬的藤木或是金属一类的条形器物摆在眼前，总让我的内心无端生出一些悲伤。我固执地认定，挥舞的教鞭抑制了天使的思维，降低了天使的智商。记忆中，教鞭击打讲桌的声音常常让我心发颤。十几年来，我从没有教鞭。我只轻轻地走进来，从容地站在讲台前，静静环视着一双双水意而纯净的眼睛，孩子们便会那么自然地安静下来。我始终坚信，从容的脚步、安详的眼神、爱意的关注、真诚的期待，是对躁动最好的镇定，是对注意最有效的唤醒。有时别具慧心的家长会用彩纸做成很清秀的教鞭送给我，我只把它们置于讲桌的一角，用来欣赏、指认和引领。我更喜欢优雅地举起我修长的手臂，伸开纤纤葱白的柔指，那，才是流泻着智慧的、魅力无穷的魔棒！孩子们的心和眼睛与它一起发光！我闲适地踱步，行走在洒满阳光的教室，笑看一石激起千层浪，笑看一语点开满室花！我迷恋，这种不动干戈而"收服"千军万马的成就感！我迷恋，这种轻轻捧起双掌放飞纯真心灵的飘逸感！

我不怕拖后腿。每次"大考"过后，总有电话飞来："梅子老师，孩子考得不够好，拖你的后腿了。"教育环境中随处可见八个字：十年树木，百年树人。——人的成长是一个漫长而渐进的过程，培养人才应是长久之计。我不愿意把孩子与孩子相比，我只想把孩子的今天与昨天相比，我喜欢泰然地看着他们的心灵和身体一起，如同我预期的那样一天天长高！我不愿意用冷漠的挖苦、厉声的呵斥，在孩子遇挫的心灵上下霜，我只想递出温暖的手轻轻摸摸孩子的头，用我掌心的温度点亮他们心中灿烂的阳光。他们不是我赚取荣誉的道具，引领他们一步步向前才是真正的师者的心愿。面对重负下的孩子，内心总是有太多的疼痛和不忍。我总是想起彼德森《让我慢下来》一文的结语："让我每天仰视那高塔般的橡树，明白她长得又高又壮，是因为她缓慢而健康地成长。"我在心里告诫自己：梅子啊，请给予生命应有的尊重！请允许孩子以人的速度，怀着人的快乐，沐浴着人的关怀，快意生长！于是，我总是优雅地展颜一笑："没关系。梅子老师的后腿不怕拖。"

然而，这终究不是一位师者完整的生活。避开孩子们纯真的笑脸，时有心酸的泪水簌簌而下。

选择师者，便错失了安逸，错失了富贵。没有华丽的舞台，没有簇拥的鲜花，三尺讲台一块黑板就是她挥洒人生的天地。黄昏人散尽，空旷的教室里，师者还在制作课件，书写卡片、细心摆正每一张桌椅……寂静的深夜里，青灯伴孤影，梦都睡熟了，师者还在查阅资料，还在设计教案，还在批阅习作，还在牵挂着那些需要特殊关怀的孩子；还在为一节公开教学课研究学生、研究教材，修正思路，预设种种可能，预约精彩生成……

在现代的教育体制下，从容和优雅，无法如同示于世人的那般轻松自如。师者不得不面对种种考验，承受种种压力，迎接生存的挑战；在理想和现实的冲突面前，不得不痛苦思索，孤独挣扎；在荣誉和利益面前，不得不学会耐得寂寞，心怀淡泊。然而遥想我那片日益茁壮、水意葱茏的林子，我愿意站在浩瀚的星天下，将所有的尴尬和苦闷独自消解。我只希望孩子们的生命中，因为曾经有我，而让他们懂得世上有一种爱叫做默默无语、深远无私；而让他们学会用心去感受、用真诚去追求、用灵魂去歌唱；我只希望我的翅下能够成为孩子们一生中到过的最温暖的地方，使得他们将来不论遭遇怎样的困顿和失意，都能看到生命的美好和希望……

如果我的从容和优雅，可以为孩子们的生命打上最明媚的底色，纵使艰难，也无悔。

人生有所坚守，怎能不有所舍弃。静默中，我常常看到自己傲然站成了一株树。

静静回首，光阴的磨洗中，想要的东西越来越少，这份坚守却愈发清晰执着。

寂静凉透的初秋夜，一杯芳绿浸花瓷，一脉雅乐浇师心。明天朝阳升起的时候，我，依然从容上路，优雅为师。

抱持一颗进取心

至今,不能忘怀那位豁达健朗的老者——江西九江学院的陈忠教授,他的态度和胸襟,令我景仰。

两年前,在《教师博览》的笔会上,为了推陈出新,让这份广为读者热爱的刊物办得更好,主编广征与会专家、作者的意见和建议。出于对这份杂志长期的关注和偏爱,很多作者情不自禁地拿《教师博览》与其他刊物相比,以他刊的种种不足颂此刊之优,并为此刊如何于如林的刊物中永立不败之地出谋划策。陈老默默倾听之后,抛出一句语重心长的话:"我们不要总想着把谁比下去、挤下去,用心把我们的刊物越办越好才是根本!"

一语惊心,会场立时鸦雀无声。老人冷静、智慧的话语和豁达的胸襟,令每一位与会者悦服与自省。——天行健,君子以自强不息。成长,本就是自己的事。办刊如此,教育又何尝不是!

而当下社会,激烈的竞争无处不在,即便最应淡定自持的教育亦不能例外。我自深心里认为,教育领域内的竞争是各类竞争中最为揪心的一种。因为它的副作用直接伤害的是纯真的孩子,关乎着的是民族的未来。一日编审教育日记，读到一段愤懑心声："鼓励一个人超越另一个人，是一种热病，是反人性的，反文明的。"他甚至不无偏激地写道："竞争，其实已是罪恶的同义词。"伏案临屏，长期的忧思于此深得共鸣。虽不能完全同意他对"竞争"的理解，但单就教育领域内的竞争对孩子们心灵的扭曲和戕害，以"罪恶"类之，实不为过。

在管理竞争的高压威逼下，在评价竞争的热流裹挟里，一位朋友意图发起讨论："只应试，迟早死。不应试，立刻死。那么……"应声寥寥。我从不怀疑，这世上不乏心明眼亮的智者，他们早已把着教育的命脉，清醒地开出了种种详致的脉案。知之非艰，行之惟艰，如何涉身力为，以实际行动去开拓充实省略号里那片广阔天地，确是更富现实意义的巨大挑战。一条精华微博给了我很大的启示：鸡蛋，从外面打破是食物，从里面打破是生命。人生，从外面打破是压力，从里面打破是成长。细味之，谓为信然！我们若要拥有鲜活的生命，获得不竭的成长动力，需要的恰恰是从"里面"打破的勇气和心气——抱持一颗进取心。

竞争，旨在超越、打败他人，目光更多地向外，行为和方向受制于人。它是一种自外而内的挟持与挤压，迫使我们活得被动和疲惫，疾驰的脚步让我们的心日益浮躁粗粝。进取，旨在不断地完善、超越自我，目光更多地向内，行为和方向忠实于己。它是一种自内而外的自觉奋发，它让我们时时体验着自我规划、自我濡养的主动和快乐。外部的解放固然重要，内部的建设尤为首要。与其强化一颗竞争的心，何如修得一颗进取的心。

卢梭说："人是生而自由的，又无往而不在枷锁之中。"有形的枷锁并不可怕，可怕的是无形的欲望。当心为名缰利锁所缚，行为便失去了理性和自由。教育，需要的是一颗慈悲高尚的灵魂，而这种特质是自由无功利的土壤才能孕育出来的美丽花朵。世上或许没有不为功利的超人，确有善待功利的智者。淡化竞争，淡看名利，乐于进取，方为蓬勃壮大的正途。意味深长地慢下行为的步伐，留出足够的时空，读书思考，沐浴阳光，锻炼身体，交良师益友……让灵魂紧紧跟上来，让内心日渐饱满强大，只有从内部啄破困囿生命的森森壁垒，方能于"枷锁"之下另辟一片真正自由的阳光天地。

抱持一颗进取心，踏实而自信地行走。个体的健康成长，事物的稳步发展，事业的成熟繁荣，莫不需要如此。

教育，尤其需要。

那些不能忘怀的细节

2008年最后一个晚上了。

平日,我的手机就是闹铃,除了用它追索先生的行踪,间或有远方朋友的消息,其余大部分时间都是寂然无声的。

今晚,它开始嗡嗡地跳舞,是过去一年里的孩子和家长发来的新年祝福短信,我心里异常地温暖。世界上最纯洁的人是孩子,最宽容的人也是孩子。他们只念念不忘我的爱和好,我只付出了一点点,他们却毫不掩饰地表达着对我的无限眷恋。

回首逝去的光阴,无法忘怀那些令我眼湿的细节。

新学期开始了,我没有继续带原来的那个班级。

次日清晨,打开手机,读到前一天晚上21:35发来的短信:"亲爱的梅子老师(很多孩子和家长都是这样称呼我的),冉冉今天回家哭了,说梅子老师没有来,是不是她考得不好,老师不要她了。冉冉告诉我,您是她心中的白雪公主。真是个可怜的小人儿啊!我真的很喜欢你的教学方式,你善良的心让孩子的学习环境那么轻松、快乐！孩子就是应该在快乐中成长的。"

　　手机继续嗡鸣，我不敢看，心中充满愧疚和不舍，泪水簌簌而下。

　　几天后的下午，教师办公时间，我正全神在电脑上打字，同事发现门口一直站着个孩子，于是问："你找谁？"孩子说："我来看梅子老师。"我闻声转首，是去年带的一个孩子。我急忙将他领进来："你怎么知道我在这儿？"孩子说："我找到的。老师，可真难找，一层一层又一层，可让我找着了。"我忽然间很想流泪，"一层一层又一层"让我很心疼。老师们都说，我们学校像迷宫，九曲十八弯的回廊常常让你进来便找不到出去的路。我不能想象这个刚刚升入二年级的小不点儿是如何找到我的。

　　我的同事姐姐很好奇，问他："你能不能告诉我，你为什么这么喜欢她？"孩子看看她说："不为什么，就是喜欢。"
　　我无言，轻轻将孩子搂进怀里。

　　天气渐渐凉了，冬天就快来了。接到会计室通知，我的档案袋里缺少材料，影响调资，于是我请假回故地办理相关的手续。
　　回到学校正值下午放学时间，我匆匆走着，一位旧时的家长拉住了我，孩子飞快地跑过来，从书包里掏出一张贺卡。贺卡已经皱巴巴的了。孩子的妈妈对我说：孩子教师节前，兴冲冲忙了一个晚上做了一张贺卡，可是找不到老师在哪儿，就天天装在书包里，希望可以遇见老师。我捏着那张皱巴巴的贺卡，看着孩子闪光的眼睛，泪水迷蒙。只是抚摸着孩子的头，轻轻地对他说："谢谢，老师真的好开心！"

　　一天清晨，我匆匆推车上班，出了小区门口，看到旧时的学生。

我说顺路，不如我带着她去学校吧。孩子和妈妈都很开心。到了学校，孩子下了车，仍旧拉着我不放手，她央求我："梅子老师，送我到教室门口行吗？"我说："为什么？"孩子说："我想让同学们都看见！"我笑了。孩子进教室之前，踮起脚尖，趴在我耳朵上说："谢谢妈妈！"

11月27日，学校大部分教师都去南通参加"师陶杯"颁奖仪式了，我因为要照顾儿子留守了，替一年级带班。

下午四点半，孩子们放学了。办公室只有我一个人。没有开灯，安静地站在窗前出神，看暮色渐渐四合。

我听到轻轻的敲门声，回头看，一个小小的影子趴在门玻璃上。依然是去年的孩子。是个内向的、成绩平平的孩子。我开了门，她那么自然地牵着我的手。我把她带到窗前，搂在怀里，一起面对窗外。我将双手顺着她瘦小的双肩垂下来，她温暖的小手拉着我的大手。我知道她是个腼腆的孩子，我不说话，只让她倚在我的怀中。天一点一点地黑下来。她转过身，对我说："老师，我要回家了。"我蹲下来，摸摸她的小脸说："记住梅子老师的话：只要每天都认真地做事情，你就是个非常优秀的孩子。老师很喜欢你。"孩子点点头，轻轻开门跑了出去。

我站在门口，看着她消失在长廊的拐弯处。

孩子走了，我依然对着空空的长廊静立。忽然，一个小小的黑影子悄悄探出头来，看到我，又倏地一下消失了。

冬日初垂的夜幕里，我潸然泪流。

……

三百六十五个飘逝的日子里，太多太多的细节令我感动。手机中仍旧储存着那些舍不得删除的信息，那些真挚的句子，让我永远无法松懈。

孩子，是我最好的老师，教我无私，教我宽容，教我拥有一颗平常心；孩子，是我生命中的清流，教我趋真，教我向善，净化着我的灵魂。

先生的手机也不停地叫，他说：你看，你老公人缘儿不错吧。我说：有什么了不起？我的孩子们喜欢我。先生笑了：那只能说明你幼稚。

也许吧。我宁愿永远做一个幼稚的人。孩子们永远做我故事的主角。

孤独的高手

2010年秋天，我兼代六年级十一班的书法课。

第一次上课，我就记住了他，小树儿。他长得很高很壮，寸头，独自坐在讲台的左边。单看位置，就知道他是班上的一个"人物"了。

初次见面，孩子们非常安静，眼睛滴溜溜地看着我，认真听我讲话，也在本能地从我的言语里捕捉各种信息，以此来定夺未来的日子将以怎样的态度对待眼前这位书法老师。唯独小树儿很自由，不时旁若无人地在"关键"时刻大声接话，严重影响了我的情绪和课堂气氛。我心里极不舒服，但极力保持一脸的平静，对他接话的内容不予理会。所有的孩子对于小树儿似乎早已熟视无睹，除了有偷笑的声音，他的随便并没有引起同学们太多的响应，对于我和孩子们而言，他似乎并不存在。——我们成功地把他"晾"在了一边。我暗自庆幸：孩子们真是争气，没有和他一起折腾。小树儿显然很失落，寂寞地趴在了桌子上，也许是意外于第一次交锋的失败，甚至没能招来我的一丝愤怒和一句批评而倍感沮丧。

下课了，走出教室之前，我依然一脸平静，俯身在他的耳边小声说:"记住,你不举手说的话,我一句都听不见!"然后扬长而去。想象小树儿无趣的表情,我更是分外的得意。

小树儿从来不写作业。他每次听我念到那些优秀作业的名字,总是在下面发出"七——七——"的声音,以示不屑。可是有一天在我示范指导之后,小树儿终于忍不住了,有点羞涩地掏出作业本,吭哧吭哧写起来。我不动声色,心中却一阵大喜。其实小树儿的字还真的很有发展潜力呢。到下一次上课之前,小树儿悄悄去翻作业本,发现优秀作业里有自己的本子,脸腾地红了,早早地坐回自己的位子上,一言不发。看得出他很紧张。评讲作业的时候,我没有对小树儿"大肆"提出表扬,只是很自然很平常,就像表扬其他孩子一样。因为我深知那样一个"非常"的孩子,实在太需要一份"平常"的对待。小树儿终于放松而又愉快地度过了表扬这一"关"。

从那天,小树儿开始正常写作业了,也渐渐松懈了对我的排斥,我们交换了QQ号码。他的网名很酷,叫"孤独的高手",头像是一个带着斗笠的蒙面人。在有一搭没一搭的短聊中,我慢慢知道,小树儿三岁时爸爸妈妈就离婚了,爸爸是一家私企老板的司机,很少在家,小树儿和年近70的奶奶彼此相依。他谁都不肯靠近。但是他愿意把QQ空间展示给我看,还时不时弄出点动静显示自己的成熟和强大,有那种小小男人式的逞能,还有对我这样一个小女人的不屑。每每如此,我便偷笑不已。这孩子慢慢侵略着我的思维空间。有一天,小树儿大为慷慨,把他创作的小说借给我看,我竟有受宠若惊的感觉。

夜读小树儿写的小说《终极交锋》(上册)。这是小树儿根据热门人气游戏《穿越火线》改编而成的。我这个一直远离军事题材影视作品的中年女子,在小树儿制造的现代战争的高科技交锋中穿来穿去,真的有些目不暇接。大大感叹孩子的想象力是何等的丰富和激昂,而成人的世界是多么贫乏和沉重。我边读边在努力寻找,如何从这小说里提取我想要的"规则"和"协作"精神，以备之后成就我"请君入瓮"的"阴谋"；也在寻找，走进一个孩子封闭的世界的最容易最直接的通道——我决意要走进去。

小树儿的小说是用一个小开本的日记写成的。封面是深咖啡色的，印着米白色装订绳，看起来就像那种古老的线装书。里面的页面是空白的，小树儿把每一页都整整齐齐的叠了竖线，字是竖着写的。小说共六章，前面有小说梗概、主要人物简介、前言，每一章前面都有一个引言，结尾部分有下一章的内容提示，做得像模像样。书写极其整洁，语言非常干净，表达也很准确，有些文言的味道。这一切都大大出乎我的预料，我甚至不相信这样一个自由散漫又冷漠的孩子会把一整本小说写得这么认真整洁。更令我吃惊的是，全文中出现的错别字加起来也不过十来个，我边看边顺手从电脑包里摸出红水笔直接就帮他改过来了。

一个多好的孩子啊！我想，如果他有一双和睦的父母亲，有一个温暖舒适的家，能够得到同学们的热情接纳，能够得到老师鼓励和赞赏……那么，展现在我们眼前的又将是一个怎样优秀的孩子？我仿佛看见，一个孩子独自在灯下出神，独自在案头书写，独自一个人玩耍，独自一个人打发所有的课余时间，受了委屈和伤害，独自一个人抹泪，然后在时间的安抚中独自忘却或是自我排解……谁懂这孩子的心思？谁尝试过去懂这孩子的心思？是多少次倾诉、求助无果使他远离了一切？从三岁到十二岁，多么漫长而又无助的时光！孩子的心是纯真的，也是稚嫩和敏感的，走近、互融，需要耐心的关怀和等待。他被忽略着，拒绝着，也慢慢学会了去忽略去拒绝，他用排斥和远离，敏感而又脆弱地保护着自己，用这些文字创造心中的智者和英雄，让他们恣情驰骋纵横于一个小小男人的孤独世界。

瞬间，揪心地疼。我为自己曾经那么得意地"晾"他，无比羞愧和后悔。

　　第二天上午就有六十一班的课，课前我必须把小说还给小树儿了，这是他给我的期限，并"威胁"我，如果不按时交还，以后就再也读不到续集和别的小说作品了。《终极交锋》我没有完全吃透，人物大多使用字母代号，不容易记准，况且进入网络十年来，除了在论坛、博客里写写文字，从没有玩过一个游戏，哪怕像"皮皮鼠"那样简单的小游戏。我根本不知道什么是《穿越火线》，经过一个六年级孩子改编后的《终极交锋》展示给我的也不过是"冰山"的一角。我知道，一场更浩大、更激烈、更丰富、更睿智的火线战争正在这个孩子的世界里如火如荼地进行着，他需要一个知音来分享。我忽然像个孩子，心虚得很，我害怕小树儿"考"我，更害怕小树儿对我失望，而从此关闭他刚刚对我开了一条小缝儿的心灵之门。夜深了。我在百度搜索引擎里键下了"穿越火线"的字样，开始了关于这个游戏的漫漫查阅。

　　我备足了"课"，底气十足的进了六十一班的教室。我把《终极交锋》还给了小树儿，并中肯的交流了我对小说的评价。小树儿听得很认真，但是没有说话。上课了，我在评讲书法作业，小树儿却在用透明胶布粘我改过的别字。他拎住透明胶布的一头，一拽，便撕坏了好几个字。还不时地咕噜着："谁让你帮人家乱改！"我心里有点后悔，是啊，怎么没想到用铅笔圈一下，让他自己修改。我索性停下来，弯腰给他示范：将胶布粘在别字上，然后同时拎住两端提起，这样就不会粘坏别的字了。他果然照着做了，但是忽然变得像过去那样大声和我接话，搅扰课堂不能进行下去。那一刻，疲惫和失望一起涌上心头。昨夜不眠的惊喜、忧虑、漫漫查阅中长满的希望，都在疲惫中黯然坦落。我什么都没有说，只是安静地看着小树儿。小树儿和我对视了一下，耷拉下眼皮，伏倒在课桌上。我小声对孩子们说："开始写字吧，小心别打翻了墨汁。"然后站在教室的后排，安静地看着满教室如林的毛笔杆儿。

就在我入神的时候，前面的孩子大声报告："老师，小树儿撕我的本子！"

小树儿飞快转脸看了我一眼，又飞快回到了自己的位子上，伏了下去，开始在抢来的纸上写字。我实在累了。仍旧没有出声。

下课了，也放学了。老师们都走了，我静静坐在办公室里，很没情绪。

校园里愈发静了。办公室的门轻轻开了。小树儿低着头走进来。他把一张小纸条放在我面前。

敬爱的梅子老师：

您好。对不起，今天上课我捣乱课堂了，我就是想告诉您我觉得很高兴。您表扬了我的小说写得好，又辛辛苦苦打出来，其实我感动也难受，之所以撕了人家的纸是想写道歉信。我从小得过慢性病，头脑有点傻，我保证下次不再不听您的话，做个好孩子，希望您原谅。

这短短的几句话成为咱俩的秘密，不要在任何地方讲，只有咱俩知道，可以吗？对不起，老师。

您的学生小树儿

2010年11月18日

读着小树儿的纸条，忽然心痛不已。孩子，你还藏着多少秘密需要一点一点地向我泄露？谁说你傻，傻孩子怎么能写出这么好的字，这么好的小说？傻孩子怎么能体谅老师的爱和辛苦？不能自已的泪水温热地爬下脸颊。小树儿低着头，用胳膊蹭蹭我，含糊不清地说：老师，别哭了，我错了。

我伸出小拇指，弯成钩钩，小树儿也照样子伸过来，两个小拇指紧紧勾在一起，来回拉了三下。我们看看那张小纸条儿，会心地笑了。

从此，"孤独的高手"的世界里，少了很多孤独，多了很多开心的小秘密。我们一起探险，绕过很多成长的暗礁，一起穿越火线，躲过了很多惊心动魄的伏击。

那年春天，我离开了那所学校，便和小树儿失去了联络。

现在，这个孩子该读初二了，不知道他在哪一所学校，是否还叫"孤独的高手"，是否找到了新的秘密伙伴儿，伴他在成长的岁月里，在看不见的"火线"上，共同实现着"穿越"。

用爱和温暖守候着你

清明小长假回来,第一节便是二(8)班的《品德与生活》课。

小预备铃响过,进了教室,孩子们立刻安静下来,准备好课本和文具便乖乖地趴在课桌上,闭上了眼睛。我禁不住欣慰地笑了。

讲台左首的位子是空的——宁宁没有来!上课铃响过,师生问好、落座,我边向孩子们投去征询的目光边问:"宁宁怎么没来?"——课上缺了谁,我都要"追究"的。于是孩子们纷纷举手向我"举报"他的去向,很快我明白了,宁宁随爸爸妈妈去北京探亲尚未及时归来。

一节课飞快地过了。这节课上,觉得特别轻松顺畅。孩子们都分外的投入,气氛那么活跃又那么和谐。眼睛保健操开始了。教室里鸦雀无声,孩子们背脊笔直专心致志,只有悠扬的音乐水一般流过孩子们的心田。

可总觉有点怪怪的,看着那个空位置,我心里忽然一阵莫名的失落。

宁宁是个非常顽皮的孩子。长得白白净净,健康滋润,衣着非常整洁，一看就知道，这是个有汤有水、被照顾得非常周全的孩子。20年的教龄告诉我，这孩子一定是和老人生活在一起的。果然，宁宁的爸爸是市人民医院的外科医生，妈妈在沪读博士，他们各自拥有自己的骄傲和快意纵横的王国，都无暇顾及这个二年级的小不点儿，因此宁宁每天都和外婆生活在一起。

　　初见宁宁时，觉得这孩子比较安静，也比较文气，渐渐的，我才发现，他竟身怀一些过人的"绝活"：他的大拇指就像一根儿魔棒，随便拾起一支笔都可以玩得天花乱坠；他可以嘴巴不动就发出各种细细的、幽幽的、怪怪的声音，让你辨认半天却找不到声音的来源；老师转脸板书的时候，他能够以极速逗引全班孩子忍俊不禁，而你转过脸来的时候，他的神情却是那么淡定，纷乱的场景里，他俨然事外人……有时，他的调皮不幸被你一掉头撞了个正着，他也不会显出惊慌或者掩饰的神情，而是坦然迎视你的目光，双肩放松，冲你清澈一笑，似乎在说："呵呵，不好意思，这一把有点小失败！"……就是这样一个孩子，让我每天课上都要"软硬兼施""恩威并予"，分出很大一部分精力去关注他，安抚他，哄他专心听讲，配合完成课内所有的活动和练习。

　　说实在的，看着孩子这些不良习惯，我很心疼，一个小人儿要打发多少寂寞时光才能练成这些"绝活"啊！每一个孩子降临这个世界时，都是一块浑然天成、纯净无瑕的玉，是父母师长的教育和影响在日日雕琢着他们，是我们的疏忽甚至失误让孩子在成长中留下了瑕疵。也不由我想到了我的儿子，在我为了工作和自修而疯狂的那些年月里，儿子也是这样一个人玩耍的。不知是出于一位母亲本能的爱，还是出于我对儿子的愧疚和补偿，我对宁宁总是格外的耐心和爱护。

　　我每天都会不由自主地想起他，想着如何制造一些新的"花招"去"战胜"他，真是让我费尽思量。就这样，宁宁一直生活在我和他旷日持久的温情斗争之中。

可是今天宁宁没有来。良好的秩序，轻松顺利的教学，竟让我觉得轻飘飘的，心底陡生一股莫名的恍惚和空落。眼前不由浮现宁宁闪亮的眼睛与调皮的小模样——原来，我与这孩子的"斗争"已经有了惯性，我竟然有些想念他了！

离开教室之前，我不由得对全班的孩子说："等宁宁回来，一定要告诉他，梅子老师可想念他了！记住啦？"

孩子们听到这样的话，显然非常惊诧，又很兴奋，一起大声回应我："记住了——"

两天之后，我几乎已经把这件事忘记了。那天上午我去（6）班上课，经过（8）班门前，几个孩子一下子跑过来围住我，迫不及待地告诉我："梅子梅子，宁宁已经回来了！我们告诉他了，你快去看看他吧！"我看看时间，匆匆对孩子们说："下了课我就来！"

当我沉浸在新的思索中从二（6）班走出来的时候，宁宁已经像一位凯旋的英雄，被孩子们簇拥着送到我的面前。他一反往日的无拘无束，非常忸怩地红着脸低着头，不好意思看我。我蹲下来，拉起他的一只小手，亲昵地说："啊，宁宁回来了？梅子老师可想念你了！来，让老师抱一下！"说着，我把宁宁满满拥进了怀里，抱起来转了一圈儿。孩子们向宁宁投来羡慕的目光，一起鼓起掌来。

后来，我再去二（8）班上课的时候，宁宁显得有些不自然，每次我看他的时候，他就连忙垂下眼帘，脸就红了。有时，他也会很忘情的大声接话，但每每是刚出口，就突然用手捂住了嘴巴，一下子趴在了课桌上。好像在说："啊呀，我是一个被老师想念的好孩子，课堂上怎么能随便接话呢？"有时那表情似乎又在说："啊呀，错了错了！我又随便讲话了，这怎么能对得起梅子老师的想念呢？"我便会忍不住偷笑。

有一天课上，宁宁趴在课桌上，非常安静，神情专注，好大功夫都没有动一下，好像在写什么。我悄悄绕过去，刹那间，心底和眼里都热热的：孩子用红色水彩笔在课题的旁边认认真真地并列画了两个胖胖的"大拇指"，和我奖励孩子们用的那枚"大拇指"印章的图案简直酷似！我的眼睛禁不住有些湿润了。

自从接这个班以来，宁宁一次还没有得到过我的"大拇指"奖励——那是专心听讲、积极思考、踊跃发言、自觉遵守纪律的孩子才能得到的荣誉呢。我向来自诩为一位很有原则的老师，而宁宁却一直是我"温情战争"的乙方，总是不符合奖励的"条件"。宁宁平日看着我的"大拇指"印章，也通常是一副无动于衷的样子，我真的以为宁宁不在乎。可当我看着那两个模仿得酷似的图案，骤然明白了孩子内心的渴望，也让我瞬间窥见了藏在宁宁心中的另一个世界！是啊，哪个孩子不想做个好孩子呢？哪个孩子会拒绝师长的关爱和同学的欣赏呢？是我们的吝啬与高不可攀的"原则"把孩子冷漠地挡在了外面！

宁宁发现了身后的我，一下子将两只手捂在那两颗"大拇指"上，脸腾一下红了。我俯身在他耳边问："很想得到，是吗？"宁宁不说话，只把低下去的头点了点。我把手落在宁宁瘦小的肩膀上，仍旧对他耳语："好，那从现在开始举手回答老师的问题！"在我投去的鼓励的目光里，宁宁果然迟疑地举起了手……我为宁宁盖上了两颗"大拇指"印章，并对他说："第一颗是因为宁宁终于学会举手发言了；第二颗是因为宁宁很聪明，会用自己的思考解决问题了。要加油哦！"宁宁有些激动，悄悄偏过头瞟了一眼后面的同学，把背坐直了。

下课了，我趴在宁宁的课桌上，问："宁宁，一共获得几颗大拇指了？"他不说话，只笑着竖起两根儿手指。我摇摇头说："不对，是四颗，宁宁那两颗也算数，它们表示宁宁是个很好的小孩，比老师这两颗还好看、还值得珍惜呢！"宁宁非常开心地笑了，眼睛亮亮的。我也笑了，心里满是激动和欣慰。

原来，在我们与孩子之间，潜伏着无数玄妙的机关，你不知道会在那一天，因为哪句话，哪一个动作，就会那么轻轻唤起孩子心中的一缕希望，就那么轻轻地触开了一片丰富多彩、生动可感的美好世界，那个世界里飞翔着孩子纯真的愿望和梦想，穿梭着一个小小的忙碌着的身影，让你惊诧，让你欢欣，让你感动，让你庆幸……而这样的机缘，永远只会垂青于那些贮满爱与温暖的心灵。

亲爱的孩子，我愿意陪伴着你，一起走。用我的爱和温暖耐心守候着，那扇心灵之门的轻轻开启。

偷看一眼又何妨

今天在二年级的语文课堂上,老师执教《欢乐的泼水节》,在巩固练习的环节中,让学生板演看拼音完成词语。其中一个孩子对着拼音沉思良久,还是将"泼水节"的"泼"字写错了。下面有个孩子小声打"土电话"增援,老师制止:"不要出声,不许告诉他!"

台前的孩子写完了,歪着头端详了一下,迟疑地回到了座位上。可是还没有坐下又飞快地跑回来,不顾老师的阻拦把那个写错的"泼"字改写了。"老师,他刚才明明偷看了一眼!"呵呵,同桌的小家伙毫不留情面大声"揭发"了!板演默字的孩子却是注意力全不在此,只是如释重负地看看老师的脸,再看看黑板上那个已经更改了的"泼"字。

"他是不是真的偷看了一眼?"老师用征询的目光扫视了那男孩子的左右邻居,"这样可不好!错了就错了,下次不许再回来改了!"说着,不情愿地在那个字上画了个"√"。这个动作似乎在宣布:考查失效!

"不对不对!老师,他还少了一个'点'呢!"同学们又盯着那个"√"叫起来!"是吗?"老师侧过头细看那个"泼"字,"哎呀,你看,改了一遍还不是又错了?"说着,将那个"√"变成了"×"。

我看见那个孩子,脸上的表情从紧张、求助、释然,直到羞愧、失望地低下了头。

我心里有些难过。真希望老师能这样对孩子说:"你真聪明,总算让你想起来了!如果不是太紧张,一定连那个小小的'点'也不会漏掉!"或者说:"虽然你出了一点小小的差错,但是老师惊喜地发现你已经学会联系汉字的造字规律来识记生字了!泼,与水有关,就是三点水旁嘛!棒极了!"

有时候做老师的,"执法"不要太严,脑筋也不要太"聪明"。我自己教书的时候,就常常"笨乎乎"给孩子们制造一些"偷看"的机会。

记得有一次,配班的老师身体不适,我意外地"捡"了节课,我对同学们说:"我们听写一下15课的生字词,好吗?""啊?"我看见一部分同学不由自主地张大了嘴巴,眼睛里分明写着"不行、不行!我还没准备好呢!"但是他们又不愿承认自己没有及时复习。我灵机一动,顺手在上衣口袋里摸了摸,故作"糟糕"状,自言自语:"不好,怎么没有把红水笔拿来,瞧我这记性!"然后转向同学们:"能等我一会儿吗?我回办公室把红水笔拿来!""好的好的!""可以——"同学们格外宽容。我走出教室,转了个弯儿,就站在门外的拐角处,听着孩子们匆匆朗读生字生词的声音,偷偷地笑了。十分钟之后,我"充满歉意"地回到教室,收获了"久等"了的孩子们54张整洁美观的默字练习答卷儿!

对我贪玩的儿子,也是如此。有几日,儿子看闲书、玩电脑很凶,我想给他点"颜色",让他收敛一下。于是对正在灯下看漫画书的儿子说:"听写7、8两课的单词,快准备纸笔!"儿子一愣,飞快合上漫画书，想了想说："妈妈，今晚不劳驾你，我自己先把单词的意思抄下来，然后看着意思默写单词，行吗？""好啊！不错，这样我可以省些时间和口水了！"我爽快地答应了儿子的请求。嘿嘿，我心中暗想，还不是想趁机"偷看"几眼！我安心去做家务，穿行客厅的间隙，悄悄关注，只见儿子口中念念有词，边还在草稿纸上不停地画着。其实，这之后听不听写已经不是很重要了，我更看重的是这个读读、画画、记记的过程！

考查评价的目的是什么？是为了让孩子当众难堪吗？是为了抓住孩子的一次"把柄"吗？答案显然是否定的。温故知新，借助评价让孩子发现自己的优势和潜能，帮助孩子尝试学习成功的快乐，树立起不断进取的自信心，从而提高主动发展的内部动力。这才是评价的最终目的。

走进孩子的心灵，理解孩子的天真，珍视孩子的无知和全知。有时，成人总是太聪明，把小家伙们那点"小心思"一眼看得透透。"看透"并不是件坏事，关键是否能够不以成人的苛刻去触透它。更多的时候，我们何不"狡猾"地"糊涂"一把？！如果"偷看一眼"可以维护一个孩子的自尊、唤起一片学习的热情，如果"偷看一眼"可以换取54张满意的答卷、55份快乐的心情，如果"偷看一眼"可以成全一个孝顺的孩子、蓄起一缕母亲的欣慰，如果"偷看一眼"可以促使孩子迅速捕捉那些急欲获取的信息……亲爱的老师们，偷看一眼又何妨？！

孩子，应该拥有怎样的家教

随着独生子女、知识化时代的全面到来，家庭教育受到了社会家长的高度重视。如何教育培养好自己的子女？为师二十载，面对当下家庭教育的种种情状，我由衷地渴望一倾自己对于家庭教育的思考、认识和期待。

开　明

不是所有的植物都能吐蕊开花，并非所有的愿望都能梦想成真。花开有期，育花的辛勤里诚然充满希冀和甜蜜；花开无期，养草的心情也应有辛酸和苦涩后的坦然。

曾经遇到过这样一个孩子，因为从小患了癫痫，长期服药影响了智力的发展。孩子的母亲非常要强，工作之余在孩子身上倾注了大量的心血，后来索性放弃了工作，在学校附近重新租了房子，一心一意陪着孩子学习。她说："我不甘心！我一定要让他和别的孩子一样优秀！"然而，孩子每次测试的成绩都令她心碎。我常常在深夜里收读她带泪的短消息，常常接听她泣不成声的哭诉电话，也常常在清晨进校时看到孩子未干的泪痕，内心异常沉重和难过。

面对家长失落无奈的泪水，看着孩子无助无措的神情，我想说：请不要在孩子面前流泪，这泪水太沉重，它将给孩子的内心带来多大的压力和负疚！这是一种精神虐待，是对孩子自尊、自信的全面摧毁，它将无情地浇灭孩子生命中的阳光。英国浪漫主义诗人拜伦，曾以自己最切身的体会写下这样的句子："如果没有自信心，你永远也不会快乐。"

当我们淹没于花开无期的失落时，我们何妨从痛苦感知的强烈震动中跳出来，对于曾经走过的和正在走着的家庭教育路线做一次深刻而冷静的观照。真正成功的教育并不仅仅体现为孩子优异的分数，也不是孩子是否考入了名牌高校，而是我们的教育是否将他作为"人"的潜能发挥到了极致。抛开单纯的分数，值得我们关注的东西太多。擦干泪水，调整好心态，换一个角度去欣赏孩子，积极去发现孩子身上的优点和长处，因势利导，给孩子多一些赞赏和鼓励，给孩子一份快乐的心情，一份前进的自信和动力，成功的路不止一条。

自　省

一直以来，我们都存在一种定势思维，认为父母优秀的家庭，孩子也应该是出类拔萃的。事实上，却不尽然。这类家庭的父母往往事业成功，自律甚严，追求完美，对孩子的期望值很高，而对于家庭教育投入的时间和精力却很少。孩子的情况往往就比较麻烦，多表现为注意力分散，做事磨蹭、没有条理，害怕困难，不愿意吃苦，行为习惯和学习成绩都不尽如人意。

当孩子的问题不容回避地摆在了家长的面前时，他们往往表现为错愕和痛心,甚至无奈地责备孩子:"爸爸妈妈这么优秀,为什么你一点都不像我们?!为什么别人的孩子都那么省心?"

是啊,为什么孩子如此不肖?这的确是一个值得深思的问题,但这绝不应成为对孩子的诘责,而应是一种深刻的自省:在孩子成长的过程中,我们都为孩子做了些什么?我们忽视了,当我们专注于某项学术研究时,沉醉于论文的撰写时,为读研读博而奋斗时,为事业的发展殚精竭虑时,也正是我们的孩子需要和妈妈一起读书、写作业、做手工、玩游戏的时候,也正是我们的孩子需要和爸爸一起下棋、骑车、登山、交流学习中的成功、收获、快乐,倾诉生活中的困惑、烦恼、寻求安慰和帮助的时候;我们忽视了,我们打拼事业的时候,却也正是孩子最需要引导、鼓励、搀扶的时候。如果说孩子是水,父母的教育便是容器,孩子的形状决定于容器;如果说孩子是作品,父母便是执笔人,作品的质量取决于抒写者的创意和功底。

我想对家长们说:首先,请静下心来,重新思考和认识人生的"成功"。在生活中,我们不仅要承担起社会责任,还要承担起家庭的责任,承担起教育子女的责任。单单是事业的辉煌和成功,不是完满的成功,也不是完整的人生。如何调整时间、分配精力、兼顾家庭教育和事业发展,才是生活的智慧和挑战。

面对孩子的情形,常常有家长问我:怎样才能让孩子迅速地摆脱困境?我的回答很直接:除了踏踏实实将前面缺下的"课"补上来,别无选择!——世上的确有许许多多的事情可以走捷径,但是唯独人的成长无捷径可行,好习惯是一天一天养成的。面对孩子业已养成的不良习惯,请家长给予最大的理解和宽容,耐心的帮助和鼓励,及时发现孩子点滴的进步,给予肯定和赞扬,给孩子改正的信心和动力。

值得一提的是,我们必须做好足够的心理准备,在孩子行为反复、进展缓慢的时候，切切要坚定信心，"屡败屡战"！因为"改写"和"重画"的工序总是复杂又麻烦的。

沟 通

相当一部分家长将家庭教育片面地理解为学业的辅导、各种技能的习得，却忽略了孩子人格的塑造、内心的情感需求。

每一颗孩子的心，都是一个丰富多彩的世界，清澈、美好、单纯，却也很脆弱。有时，一件很小的事情就能让他们快乐无比，同样，一件很小的事情也能让他们郁郁寡欢。有时在成人看来一个微乎其微的困难，对于孩子却成了迈不过去的坎儿。苏霍姆林斯基说过："要像对待荷叶上的露珠一样，小心翼翼地保护学生幼小的心灵。"为师如此，为人父母亦应如此。因此，家长一定要时时关注孩子言行举止的细微变化，重视与孩子的沟通，学会静心地倾听和艺术地交流。

尤其在孩子刚入学阶段，希望家长不论工作多忙，每天晚上都应抽出一点时间和孩子一起聊聊天，问问孩子：今天你在学校里都学了些什么？最令你开心的是什么？今天老师表扬了你几次？因为什么表扬你的？你是怎么想的？你觉得哪些地方再努力一些还可以得到更多的表扬？让孩子睡前回顾一天的学习内容，学会主动梳理知识点，培养孩子的学习能力；回顾一天的校园生活，发现自己的优点和长处，学会体验成功和快乐；想想改进哪些行为可以获得更多的赏识，委婉地让孩子愉快地检点自身的不足，学会自我批评、自我修正，从而适时培养孩子良好的学习习惯、健康阳光的个性和积极进取的精神。孩子进入中学以后，随着活动范围的增大，知识面的拓宽，独立意识增强，渴望得到重视和尊重，常常表现得很叛逆。家长更应密切关注孩子的情绪变化，及时从细节中捕捉孩子心灵信息，懂得孩子的喜怒哀乐，引导孩子学会倾诉和分享。在孩子遭遇挫折的时候，给他鼓励和帮助，让孩子感受到温暖和支持；当孩子犯了错误的时候，多给孩子一些宽容，平心静气地与孩子沟通，共同分析原因解决问题，让孩子在宽容中知错改错。

　　成功的家庭教育来自于父母对孩子的深入了解、接受和尊重，让我们做孩子的知心人，与孩子心手相牵，共同经历成长的风雨，让家庭教育成为孩子最温馨的心灵家园。人的成长是一个漫长而渐进的过程，教育孩子应从长计议，着眼于孩子一生的成长。我总是想起彼德森《让我慢下来》一文的结语："每天仰视那高塔般的橡树，让我明白她长得又高又壮，是因为她缓慢而健康地成长。"

多一点耐心　多一点爱心
——善待特殊个体

我们常常看到或者听到这样的现象：下午放学后，老师将那些"差生"带到办公室或者留在教室里，给他们"吃小灶"。每每是开始的几分钟还能轻言细语，接下来就会是暴风骤雨了。老师口干舌苦，声色俱厉，学生无所适从，涕泪交零，最终的结果是：花了力气，伤了心情，问题却依然顽固地存在。

我们究竟应该如何去对待这部分所谓的"差生"呢？

首先，请改变一下对他们的称呼吧！

"下午，差生留下来补习！"

"那几个差生的作业交了吗？"

"快期中考了，你那几个差生要加油了！"

"我就知道，这件事除了你们那几个差生，没人干得出！"

"差生""差生"，声声扎心，声声刺耳！何谓差生？我们依据什么标准来界定这个特殊的概念？成绩不够优秀的孩子，也许他的字写得很漂亮；他的字写得不够漂亮，也许他的书读得声情并茂；他的书读得不够动情，也许他能把地扫得干干净净，能把玻璃擦得一尘不染，能把自己的卧室收拾得井井有条……也许这一切他都做得不够出色，也许他是个讲诚信、有爱心、心地纯洁善良的孩子！俗话说：双手有十指，十指有长短；一母生九子，九子各不同。同理，一个班级几十名学生，他们各有各的长处，各有各的不足，我们怎能简单地、笼而统之地将其概括为"差生"呢？是的，我们每一位老师的初衷都是美好的，本意都是善良的，只是方式方法欠妥，情急之下，言词过激。可是我们有否冷静地思考过，我们的一言一行，对孩子的影响有多深多远？我们不经意间的一句赞许的语言、一个褒扬的眼神，或是一个武断的评价，都可能影响孩子的一生！我们无法去量化成就了的"一生"的价值，更无法去量化毁坏了的"一生"的损失！恳请每一位老师静坐深思，出言出行，务必慎之又慎！就请先从改变"差生"这一称呼开始吧！

其次，请多一些爱心，少一些冷漠！

孩子的成绩有差距，无外乎是接受能力弱、课堂开小差或者家庭的变故影响了孩子的心情等原因。孩子的心灵是最单纯的，也是最脆弱的，我们应该留心孩子每一点细微的变化，做孩子最可信赖的朋友，倾听孩子的诉说，分享孩子的快乐，给孩子一个最温暖的情感的港湾，用源源不断的温馨的关爱去滋养孩子脆弱稚嫩的心灵，使之能够真正地健康快乐地成长。曾有家长充满忧虑地对我说："你要对孩子厉害点，让他怕你才行！"我的观点恰好相反。其实一个老师让学生怕很简单、很容易，让学生敬让学生爱却很难。孔子说，亲其师，方能信其道。孩子只有喜欢你，尊敬你，才能喜欢你上的课，才会乐于接受你传授的知识，才能大胆地在你面前流露自己的观点和想法，才能做到不懂就问！尤其是班级里那些特殊的个体，更需要我们悉心地关怀、理解和呵护！

然后，请低一点要求，多一点耐心！

对于那些接受慢，理解能力较弱的孩子，许多老师都会在讲解一遍、两遍、三遍之后而不由自主地声高色厉，耐心全无。其实，我们不妨冷静地想想：孩子原本理解和接受能力就有差距，就需要我们的帮助，就算我们斥责他、打击他，这种差距是否就能随之缩短或消失？答案是肯定的：不能！这样做只能让孩子更自卑，对学习更加恐惧和厌倦！如此恶性循环，对师生双方都是都是一种深深的伤害！我们不妨试着把要求降低些，期望值缩小些，把辅导做得更基础些、更细致些，多一些耐心，多一些鼓励，给孩子营造一个宽松的愉快的学习氛围，这样往往会收到意想不到的效果！

人尽其才，物尽其用。成功的教育应该以人为本，让每个学习者充分发挥自己的特长，最终成为推动生产力乃至全人类进步的强大动力。我认为，教师不仅仅是传播知识的工具，更应该是张扬人性的先导！学生从我们这里获取的不应仅仅是严密的逻辑、睿智的思维、丰富的想象……更应该以我们的言传身教，培养他们高尚的情操，塑造他们纯洁的灵魂，唤起他们对世界的理解、包容和生命、生活的热爱！

真诚地对每位老师说：多一点耐心，多一点爱心，关注每一个特殊的个体，从我做起，从现在做起，从点滴做起！

第六辑

轻　歌

漫思留白

"一无所爱的年代,爱上了文字。一无所思的年代,思念了谁。"在低头沉思中,在庸常的忙碌中,在跋涉心灵的泥沼、绕过生命的暗礁中,在以密密麻麻的文字尽情地自我倾诉中,四十年的光阴,呼啸而过。遥远的独处时光里,曾孤寂而又黯然地伏于案头,拾起一支笔,在旧报纸的空白处,平淡而又寥落地写下了这个句子。

前世的清寂,袭入今生,时而山岚般漫过心灵的谷地。生命,总会在某一个时段,不可遏止地陷入沉默。即便身处红尘滚滚的盛世华都,也只消一副耳机,便淡然抛弃了整个世界。

无言的日子里,灵魂在文字中蜷了又蜷,蹭了又蹭,于逐日寒凉的季节,给自己搭了个温暖的窝儿,企望拥一两个人心的片段,安然度过即将来临的严冬。

鲁地宾馆的灯下,小心取出伴我一同出行的《世象撷拾》,轻轻开卷。总喜欢这样,将我所喜爱的文字,在一派岑寂而辽阔的黑夜里,深情款款地,一读再读,一遍又一遍地,用目光摩挲着那些深有心会的句子。

甘于清贫者，离不开宽松自爱的洁癖，拈花微笑的宁静，谦充木讷的淡泊；得失相寓者，对那些该得到的东西亦不趋之若鹜，穷凶极恶地将臂欲搏，至于失去的，原本就不属于自己，由上天操纵着平衡的杠杆就是了。

这个片段摘自第一辑的第二篇《何处留白》，淡泊而达观。有所为，有所不为，此乃留白。

于第八辑"尾声"《我的自白》中，复又读到了这样的句子：

这人世间，论人衡事，应有尺度，道尽胸中伤心事，求全不如"半"字好：神龙见首不见尾，遮去"一半"；雪山空留马行处，掩去"一半"；侍月西厢，迎风启开，妙在"一半"；怀抱琵琶，美人遮面，魅在"一半"。

弃盈求半，进退自主回旋，想象自由驰骋。我仍将它理解为留白。

忖思而后叹：是有心设计全书的前后呼应，首尾贯穿，还是为文者的"留白"观对于生命的一以贯之、彻底渗透？有些文字须静了心方可读进去，而这样的文字，一入目便可静下心来，并将你引入一种深刻而平静的思考。

确乎，生命中，总有一些领域注定留白。非能力不济而无法抵达，实乃心性与追求使然。

春秋范蠡，助勾践兴国雪耻，功成名就，却急流勇退，褪下官服，几散家财，白衣轻舟，携美人归隐，谢纷华而甘淡泊；东晋陶潜，倦宦途俯仰由人，殇大济苍生之幻灭，毅然赋言"归去来兮"，从此"晨兴理荒秽，带月荷锄归"，躬耕自资，采菊东篱，守得一份自然自适；宋元之际，世道纷乱。学者许衡外出，酷暑口渴，途经一梨树，行人皆摘梨止渴，惟许衡不为所动。或问其为何不摘梨，答曰："非自己的梨，岂能乱摘？"那人笑其迂腐："世道如此纷乱，梨已无主。"许衡掷下一语："梨虽无主，吾心有主。"

明代还初道人有训：势力纷华，不近者为洁，近之而不染者尤洁；智械机巧，不知者为高，知而不用者尤高。今再思再悟，此言诚哉！然遥远的，似乎已完美成传说。转念想起我的友人。

梅子识得一位极纯粹的江南女子，容颜姣好，才气袭人，心如出水之莲，纤尘不染，为某市台的女主播。青葱岁月，遭遇一位男嘉宾，国外学成归来，翩翩如鹤，温良谦恭，深沉内敛，几近完美。优雅对坐，默契交谈，似是故人，节目录制非常成功。惊鸿一瞥，彼此于内心惊叹生命的奇迹。别时依依，却平静无言，甚至没有留下联络的方式。——深知相逢已错过了对的时空。七年过去。一次大型慈善活动上，意外重逢。一位是活动主持人，一位是致辞贵宾。他们互换了名片。仍旧没有电话联络，没有QQ消息，只依名片提示寻得彼此文字的憩园，时而以诗词应和。七年又七年，弹指一挥，如今他们已是知天命的年岁了，诗词应和，依然是他们平淡却真挚、独特的交往方式。岁月见证，阳春白雪中，永恒着两颗高贵灵魂的彼此尊重与欣赏。

是啊。内心有所坚守，人生必有所舍弃。犹如西域的深山酷寒成就了雪莲的圣洁，理性的孤独与留白，成就了生命的美好和珍贵。物质利益与内心情感的追求皆是如此。这不仅是一种智慧，也是一种境界。

物欲横流，真爱缺席的年代，生活愈发地无边无际。吴思的惊人发现，让"潜规则"一词一夜间遍地开花，生命中的"留白"面临危机，在严峻的威胁和考验之下，无数脆弱的阵地纷纷陷落，单薄的防线瞬间崩毁，似乎真的"梨已无主"。所幸的是，总有一些人默默地醒着，如深山的雪莲，如墙角的寒梅，不因地偏而不生，不因无人而不芳；如范蠡，如陶潜，如许衡，如我的女友，世虽乱，而吾心有主，始终将灵魂放在高处，将身影隐没于人丛，努力追求心灵的最大自由和心态的闲适优雅，为生命保有一方珍贵的空白。

立于泰山之巅，弘德楼的钟声幽幽传来，雪亮的阳光洒满天街。放眼天边，风起云飞，岱山隐现于白雾，犹如海市蜃楼；俯览山道，如织的游人，似蝼蚁，在我苍茫的意识里碌碌往返。默默揣想刘安仁先生的"留白"与"求半"，愈感前路昭然。跌过，碰过，痛过。泪，也曾化作倾盆雨。一切似乎尽在预设之中。思想与激情已于世事的穿越与宁静的思考中日益密实、沉潜，万分欣慰的是，生命的图景中，笔酣墨饱的线条之外，那一角空白宛若一个古老的童话，依然静默而温暖地亮着。

一时间，心灵的世界肃穆如钟。

想象中，我的神情一定非常安详——大自然的雄伟永远无法威慑自由的灵魂！

风，你听见了，我的心曾在这里无声放歌。

诗人,是一种气质

对于文字,实在是个眼高手低的人。

这是一个文字泛滥的时代,漫游其中,能怦然入心的,不多。对于诗歌的欣赏,更是尤为挑剔的了。其实同样,诗歌对于读者的要求也是相当苛刻的。介于此,诗歌于我,一直是清风远水中的一处的孤荷。

在我看来,列成方阵的、错成阶梯的,未必皆可称之为诗。以诗的形式写作的人,也未必皆可称之为诗人。诗,是文学中的文学,诗美是艺术美的最高体现。它要求诗人的不仅仅是凝练的语言,深挚的情感,更需要一种诗人特有的气质,诸如敏锐的观察、独特的视角,丰富奇特的想象,超强的心灵理解力,能够用最精粹的语言,揭示最深刻的哲理,表达最丰富细致的情感,空灵清逸之下,且当沉实有寄。

回溯唐宋,盛世的佳句子,自是数不胜数。"曾经沧海难为水,除却巫山不是云",元稹一首《离思》,唱尽了非伊莫属、爱不另与的忠贞,成了痴情男女必修的绝句;"仰天大笑出门去,我辈岂是蓬蒿人",李白将自己的得意自负、踌躇满志挥洒得淋漓尽致,留一个昂扬清狂的背影让后人兴叹千载;"无边落木萧萧下,不尽长江滚滚来",江天秋色中,杜甫只身登临,仰望太空浩茫,纵观岁月悠悠,何其落寞何其悲壮!一首《登高》,成就了"古今独步"之经典;别有易安居士,"寻寻觅觅,冷冷清清,凄凄惨惨戚戚",笔走一丝悲凉,读来似是平平淡淡,品之却字字含愁,景景滴泪,堪称千古绝唱……

拂去历史的尘埃,千年之后的遥望里,平仄之间,经典的品质,历久弥新;伫立着的那些极具个性的身影,辉煌依旧。

近日,在新浪博客读到赵统斌先生咏牡丹的诗句"南天星醉客,北海月捞仙",临屏莞尔,暗暗叫绝。星可醉客,月能捞仙,美好事物之间的彼此欣赏与吸引,倏然绽放于诗行,轻轻唤醒一片阅读的幸福和愉悦,却只能与"客"同醉,思绪,陶陶然,就那么被"月"与"仙"一同捞了去,真真妙不可言。月余前,在一本很成熟的杂志上偶然读到犹太诗人保罗·策兰的句子:"春天来了,树木飞向它们的鸟。"触目惊心!诗人以独到的想象,解读了一种生命对另一种生命的吸引与挚爱。不由得停住了,坐在宽大的飘窗台上,举目窗外的苍山,俯视眼下的绿树,听叶子在风中歌唱,鸟儿在枝头啁啾,骤然觉得,万物生情。——这一个春天竟忽然生动起来!是春天飞向了我,还是我的心不由自主地贴近了春天?一代才女林徽因在《深笑》中问:"是谁笑成这百层塔高耸,让不知名鸟雀来盘旋?是谁／笑成这万千个风铃的转动,从每一层琉璃的檐边／摇上／云天?"她以古塔檐边无数风铃转动的声音,比喻笑声的清脆悦耳,纯洁澄澈直上云天,贴切新颖别具一格!让你不能不惊叹,这清新流丽的诗的语言,已然如此和谐地将建筑学家的科学精神和诗人的文学气质糅合得浑然一体!

这些经典的句子,或古,或今,或中,或外,或自然天成,或精思苦炼，有一点却是共同的：诗人都是用心在写，用情在写，用诚在写，他们高贵，热情，率真，心怀深刻，却又单纯如稚子，这些句子都可以轻而易举地攫住读者的心灵。对于他们而言，登山，山是岿然屹立的诗，临水，水是婉约优柔的诗，赏花，花是倏然绽放的诗，看云，云是悠然浮动的诗。生活中处处充满诗情诗意，满怀皆是灵动的诗思诗语，拈须即成，倚马可待，笔走花开。他们仿佛就是为诗而生的，诗人，是他们的气质，甚至成为了一种宿命。

行笔至此，我仍有话想说，这世上还有一种诗人，从不写诗，但他们却仍不失为真正的诗人。提起他们，我总是情不自禁地想起丁立梅笔下那个在街边摆地摊却穿旗袍的优雅女人，那个守着瘫痪的丈夫卖小炒却点缀苦难以素雅精美的萝卜花的女人。还有生活深处，那些平平凡凡、毫不起眼的人，他们或许身处陋室，仅拥半壁书卷，一盏孤灯，却心如莲花，贵比王侯；他们或许一袭布衣，一身贫寒，却平实泰然，笑看落花，仍能很有情致地将慈爱的手交给他们稚嫩的孩子，趟着温暖的黄昏，一起在乡间小路上从容漫步……也曾见过一种绝美绝凉的人，即便不幸被命运之刃刺穿胸膛，他们也会无声无息，在漫长的岁月里，努力将心上的深伤愈合成一枚梅花烙，浅浅含笑，古艳而沉秀……

试问：谁能否认，他们就是世间最纯粹的诗人！他们活在人生的至境，却自在无觉。他们从不写诗，却以一种诗意的姿态生活着。他们从来无意成为世间优美的景致，却一路走成了别人键下的曲、笔下的诗。

一位朋友说，最好的诗，不是文字，而是一种诗意生活的姿态。

信然。同样，真正的诗人，也不是一种身份，而是一种尘俗和苦难无法湮没的高贵，是一种骨子里散发出来的如梅的气质。

文字中的行走

生日前夕，我和先生逗留于古都金陵。

漫游在金鹰购物中心，短信轻鸣，展开的屏幕上，只有四个字："生日快乐"，简洁得没有一个标点。

是漂泊异乡的故人发来的。

青涩年代里，情感意绪所附丽的文字，让我们在阅读中诗意而淡然地相逢。

流年似水。转眼，十九个春秋漂淡红颜。十九年里，我收到了十九个祝福，雷同而单调的四个字：生日快乐。起初，它平淡得让我过目却未曾入心。后来，直到我有了爱人，有了家，有了孩子，直到所有的联系逐年稀落、所有的祝福渐次退去，直到只有妈妈和先生尚还记得我的生日……惟有这四个字，从纸质信件转换为电话留言、转换为手机信息，从偏僻的乡野而来，从古老的小城而来，从某个千里之外的繁华都市而来，……人已不知漂在何处，惟有文字，依然平淡而执着，一路风尘，如期而至，从无遗漏。

整个豪华的商厦里，冷气无声而嚣张。背上似乎有融融暖意。

我不自禁回转头，细细地，却又茫然地搜寻，想知道那束关注的目光从何而来。然而，每一张迎面而来、擦肩而过的面孔都那样冰冷而陌生。是啊，我几乎想不起故人的样子了。十几年来，屈指可数的相逢里，只有匆匆而拘谨的问候，哪里来得及看清对方的面容！驻足回首，满目尽是那些文字，如季节深处的飞花，轻扬漫舞。

内心涌起一股暖和而致密的情感。目光拂尽千年尘埃，遥对传说中造字的仓颉，深深叩拜。是文字，让我们始终联络着一份故乡一样质朴深沉的情怀。

大米和小麦养活着人类的生命。

文字和蔷薇养活着人类的灵魂。

蔷薇难能常开不败，然而平实的文字却可以终生相随。无声，却贴心贴意。

每当黑夜以其宗教般沉默神秘的势力，点点淹没无数的梦，总于孤灯下从容开卷。独行于温暖的文字间，或愉悦，或忧伤，或捧着悲情篇章恣情流泪……无需关注为文者姓甚名谁，是巾帼还是须眉，寻求的只是文中行走的感觉。一切似乎并不关己。愉悦、叹息甚至流泪，也不过是某种理想、某种情怀、某种灵魂的呼唤，在文字里得以观照，得以契合、得以回应；只是偶然间在文字里抱起了自己的影子，无语相拥，交颈而暖……然而，细细想来，一切似乎又全都关己，心，不由自主地与为文者同欢喜共伤悲，文中的人事物思情义，又都是那样真真切切地影响着自己的呼吸。

有时，持卷凝神，基于某一行文字的了悟，过往未知因由的零散的细节，便忽如顽皮的孩子自发击节而舞，渐渐脉络清晰，成列成队，让人不禁恍然长叹：生活原来如此！每每此时，我总是激动得泪光闪烁，暗自庆幸每一个人生的路口，对于灵魂的自我坚守！返身回望，那些眉眼那些身影那些繁芜，早已瞬间漫漶于时光的深处，无踪无形，只有那些抉择的心情毅然立于当年走过的路旁，遥对我轻轻展开嘉许的笑容。

　　海市蜃楼无法唤起我追寻的脚步，冲浪的刺激无法诱惑我对夏威夷的向往。人的资质总是各有差异，深悉自己是个心脉细弱的女子，怎能禁得起生命中的大起大落、大喜大悲？！

　　在文字中行走，总会逢着许许多多的亲近文字的人。绝大多数都在匆匆的行走中，擦肩而过，无意为流光抛至岁月的烟霭之中，只有那些互知的人，依旧一路同行，无声而歌，淡淡相知，默默相守，如同这四个简单的汉字，穿越十九个春秋，依然清新光明，落地有声。

　　先生拍拍茫然凝神的我，似轻叹又似自语：留下的，终究会留下来。

　　默默牵紧先生的衣袖。

　　我只想就这样，淡淡的行走。

　　于文字之中。

　　于蔷薇之外。

闲说读书

面对浩如烟海的文字，从不敢声称自己是读书人。

大凡真正的嗜书者皆知，世间读书人自古成两类，一类是世俗的"中心人"，占大多数，他们在物质社会里活得如鱼得水。一类是精神上的先行者，是稀少的"边缘人"。他们在生活里多是另类的，与世俗社会甚至是格格不入的。他们通过自己世俗生活的涅槃，升华了整个人类文明。人类精神跋涉的长路上，他们的名字承载着他们的思想，毅然立成了座座丰碑，成为人类历史的重要节点和稳固支架。

二者于我，都不似。心性决定，物质的世界里，我无法如鱼得水；才智决定，精神的世界里，我无法锐意先行。无论如何，"读书人"这称谓总让我惶恐，还是"读者"这个词最好，平易而安静。借文字的浮载，于"虚无"中，渐向生命的深处漫溯，求得一份灵魂的安妥。就这样。淡淡的。很美好。

每每出门，总是随身携带着闲书。等车乘车时读，在零点厅候午餐时读，加入不了火热的活动避于僻静的一隅时读……因此，日子总也过得从容，心情总也那么安定而微甜。每逢出差或是回老家，收拾行李之前，便会久久立于书架前，斗争得厉害：想带这本又想带那本，选了又选，减了又减，最终还是要带上两三本。事实上，公差时，满满的活动安排，亲人团聚时，各种笑闹欢娱，使得带出去的书读的机会并不多，有时甚至一页没动又带回来，只把沉重留在了往返的途中。回到家里往书架上还书的时候常常发狠，下次出门再也不带书了！而真的没带时又挡不住心中慌慌的感觉，到处去寻文字，仿佛随处都是空暇，眼看着白白流走了大把大把的好光阴。最难熬的一次，是赴一场家庭聚会，众人皆参与餐前的"热身"娱乐，我不会，偏又没带书，六神无主抓起地柜上的一只古雅的茶罐，翻来覆去读了几十回。以至今日犹记那些关于茶的说明文字，端起茶盏便会自然想起那日录入脑际的茶诗词。那一晚，于百无聊赖中，恍然大悟，原来平素随身携带的不单是一册书，更是一份随手拾得住空白的踏实和心安。

每次逛超市，绕来绕去，最终也总会"很不小心"地绕到了书市上。沿着摆书的展柜缓缓移步，而每每令我流连最久的却是那些折扣书。我知道，在这个物欲横流泥沙俱下的时代，精神领域内，被折扣的往往是精品。那些好书之于不懂它们的读者，犹如为数不多的边缘人之于喧嚣流俗的生活，彼此疏离，彼此冷落。只因数量上的寡不敌众，在时尚和潮流面前，他们肃穆地立于一角，往往显得异常地孤冷和清寂。一次在折扣书柜上，意外地发现一套《四书五经》，四卷只需三折的价格便可全数取走了。我与先生如获至宝，欣欣然抱了回来。即便在旅行的途中，遇见折扣书摊也是必去张头探脑一番的。去年十月便因这习惯在鲁地道旁淘了本还初道人的《菜根谭》，一路读了回来。先生与我有相同的喜好，因此，书架上的《二十四史》《宋词三百首注析》《世界散文精品》《莎士比亚悲剧集》等，大抵也是如此得来的。深夜就灯，凝心敛神，字斟句酌地揣摩、意会，于行间游目骋怀，心如花开，直叹那些古老、纯正而又美好的文字，粒粒皆可作金石之响！想起周国平论读书："就最深层的精神生活而言，时代的区别并不重要，无论是两千年前的先贤，还是近百年来的今贤，都同样古老，也都同样年轻。"诚然。每每用极少的钱捧回极好的书，心中总是又悲又喜。思及书市上那些精粹的文字、高贵的思想，被明码标价打折出售，现实中读书人的悲悯与温良恭让遭遇无知的凌辱和践踏，不堪的，是穿心之痛，是落难蛮荒的孤独、悲怆与苍凉。但无论如何，我仍旧深信，时代如何发展，岁月如何流转，那些真正的经典，百转千回，终会偶然而又必然逢着自己的知者，那些人性的温暖光辉，必将恒久地烛照人类的精神探求之路。无情流逝的岁月，也终会以无比的深情告诉我们：人世间极致的脆弱与坚忍，同样可以矛盾而又和谐完美地统一于一身。

一日，于市内东行。见到一位年轻的女教师，欣欣然与我谈读书。她向我交流了近期所读的一些书目和感怀，然后请我再推荐一些。我坦诚相告，自己常常是个不务正业的人，读的书多是杂而闲，很少读教育专著。大约因为我的坦诚，她很是好感于我。宴会中，我们一同离席去洗手间，鉴于我目前的工作环境，她很善意地建议我去买一些行走职场的必读书。我搂搂她的肩，轻轻笑了，真诚地谢了她。但是我知道，有些书，我永远不会读。我深信，当人与人的相处需要使用"技术"来周旋，必定已沾染上太多虚伪和尘俗，丧失了纯真的本性。一直是个迟钝的人，看不懂他人的眉高眼低，也懒于揣摩别人的心思用意。在我看来，世上没有多么奥妙、复杂的事情，心简单了，一切都简单了。世上有一种比职场技巧更所向无敌的东西，那便是时间。它会无比公正地去评判每一个人的品性，去揭示所有的事实真相。你不必为一时间流岚雾霭的遮蔽而嗒然若失，也不必为一时间的志得意满而沾沾自喜。不辩，不忧，轻轻做事，浅浅微笑。平和，安详，永远属于那些冷静思考，坚定行路的人。犹记明代还初道人有训："涉世浅，点染亦浅；历事深，机械亦深。故君子与其练达，不若朴鲁；与其曲谨，不若疏狂。"栖栖遑遑，惴惴于怀，劳心费神，竞名逐利，何如抱朴守拙，身心舒展，坦荡荡于天地！所谓的职场术、交友术真的大可不必去读，《菜根谭》倒是值得一生用心琢磨玩味！

朋友们似乎深悉了梅子的心性，每每以书作为最好的馈赠。书架上有几格清一色是朋友的赠书。《世说新语》《中国书法五千年》《中国文化导读》《漫读经典》《古典文学思想源流》《江南文化的诗性阐释》《人文江南关键词》《城南旧事》《妞妞》……之中有些是同城朋友差旅途中为我选的，有些是不曾谋面的朋友隔千里邮递来的；有些是朋友尊重我的阅读审美而选，有些是为了影响我的阅读审美而选。信手翻开哪一本，都会自然地翻开一段愉快的来龙去脉。也有一部分是朋友的自著：《平静的忧思》《曹州图咏》（四卷）、《世象撷拾》《天边外》《守候黄昏》《隔心相印》《不妨走走斜道》……散文、杂文、小说、诗歌，应有尽有。每一本都是一段生命的精彩，每一本都深藏着一份朋友的情义。年前，又收到朋友的新著《心在高处》。轻轻打开扉页，映入眼帘的是清新干净、挺秀有力的笔迹："都说相公痴，更有痴似相公者。"立刻短信过去："借张岱语自嘲？准确莫过于此啊！"不想，对方呵呵一笑，这样复我："看不出吗，也是嘲笑如你这般将文字和感觉看得比命还重要的人士啊！"一语双关？知我至此！多好的题句！心头一热，刹那无言。托腮沉思，唇边不觉爬上笑纹。静夜里，轻轻摩挲，读了又读，终成我藏书中的至爱。一直喜欢边阅读边表达，可是读那些文字，无数意象和思绪纷飞于心，却敲不下一个字。什么都不必说！只窖之于灵魂的深处酿一坛千年的甘洌。人说，情，至深而无言；我说，书，知彻则无语。

漫长的岁月里，就这样，身与书相伴，心与字纠缠。

每当我在晴空朗日下一步一步轻快地度量生命，在温暖的灯光里一页一页安详地翻过光阴，心里满满的都是感激。感激我的父母亲，在那个重男轻女的年代里依然送我去识字，感激世上还有这么多可以喂养灵魂的文字，让我的生命如此饱满而润泽。深远阔大的夜空下，仰望一天的星星，呼吸是那样地轻快和顺畅。——生命中，有书，真好！

转身之念

今夜的风很凉爽,不像盛夏,却如朗秋。

我常常莫名地认定,这样的时节,适合别离。

夏已阑珊,秋意初萌,尚无梧桐落叶的悲凉,也无百花喧闹的扰攘。就是一种淡淡的感觉,一种平凡的感觉。怀着这样的感觉,在这样的时节,轻轻转身,不会有咸而苦涩的痛楚,也不会有万木萧索的凄恻。向来不喜欢华丽,不喜欢浓烈。即便是转身,也是如此。这种淡然的时节,这种淡然的感觉,于我,恰恰好。

轻轻转身,夏末的风会自然地扬起衣袂,让失意和倦怠,浩浩荡荡,涌满身后的路,目送我远走。

今夜,静静翻捡旧日文档。忽如一条搁浅的鱼,奄奄等待尘沙的掩埋时,再一次于意外的涨潮中绝处逢生。

总是如此。我需要。

在心灵缺氧的时候,便恋恋回溯那片从容而辽阔的旧日海域。那是一种精神的疗伤。篇篇章章,洋洋洒洒,数以万计的文字收藏,就那样无声涌动成潮,将我漫掩。让我的灵魂渐渐润泽,渐渐开始呼吸，渐渐恢复灵活曼妙的身姿，俯仰有致，直游进思维的纵深处。

在网络的世界里行走，连头搭尾，几近十年了吧。我喜欢像个捡珠贝的孩子，遇到能够触摸灵魂的经典，总是顺手收藏。经年累月，已是积水成潭。

曾经的邂逅，那是怎样的一种文字啊！放达豪迈，却绝不是那种铺张扬厉、粗犷悲壮；温情细致，却绝不是那种缠绵悱恻、儿女情长；理性清醒，却绝不会让你四肢冰凉、死心断念；深沉厚重，却绝不会让灵魂失去灵动和飘扬；即便是谈民族、谈政治、谈教育，也是那样通透酣畅、引人入胜，深沉缜密的文字间充满可望的努力和向往，哪怕是滴血的苦闷的挣扎和探求，也是以一种最优美最动人魂魄的姿态。文字间闪烁的希望，哪怕很远很远，但终究也会燃成心中的一粒星光……可以让你会心一笑，笑得别有洞天，可以让你眼中有泪，却流得眉目舒展……你无需调整姿势，怎样读都是最惬意的回味、最天衣无缝的密合……犹如水之于容器。

然而那些文字终于断了线。曾经可读的那片园子渐渐荒草没膝，怅然掩住了我来来去去的脚迹。那感觉就像夏末秋初，长满别离。

有时，的确有些奇怪。就像我读阿简。其实阿简是谁，我并不知，只是一日在锐博客首页遇见，便收存了、订阅了，只是读，从未留下一点踪迹，却篇篇不曾遗漏。有一天，阿简忽然短文告病，我霍地心沉，想起曾经的那位写手。——意识里极力拒绝那种突然的、永久的消失。当时我想，我一定也会怀念，虽不及此。

世间有一种殊胜机缘，可遇而不可求。有人说，此，当首数爱情。我说，应该是文字中天衣无缝的契合。

今夜的我，静静地悬浮在旧日的那片海域，反顾近一年行走的轨迹，黯然神伤。感受到一种盲目，一种荒芜，一种生命的轻浮无质。

无休止的漂流中，也曾邂逅许多让我感动的文字，有现实理性教我智慧生存的，有唯美浪漫让我疯狂流泪的，有温存熨帖让我心沉无语的……然而，最适合我常态生存的，最能引流我思绪的，依旧是那片旧时的海域，浩瀚、宁静，从从容容。

走了很久很久，原来生命依然如此地困窘和尴尬。心中满满的都是怀念。

想拼命地游，让如潮的文字磨尽生命中的繁芜。

好累。想走了。无声浸渍我心的，是潜伏已久的——转身之念。

"从此不爱良月夜，于今无语下西楼。"

一念之间，似恍然又有所悟。

你和谁比

浏览博客，读到一位长者的观点：文章不以数量取胜，而以质量较高下。

这是一位我一向敬重的长者，而眼前的观点几经咀嚼，终究还是吞咽不下：一个"胜"字，一个"较"字，让人心里莫名生出诸多不适：与谁"较"？为什么"较"？何谓高？何谓下？何为标准？谁来裁决？为什么好好的生活自觉不自觉地弄出那么多的明争暗斗、你追我逐？

博客内外的行文，于我而言，不过是工作之余的放松消闲。一盏清茗，一脉琴音，漫漫拾字，织心怡情，于万千的自我倾诉之中，恣意流泻深心里的奔涌畅放，和对生命的一往情深，借此得一份心灵的安适，而已。又何来高下之较，胜负之甄！

由此想到，一次访谈中，媒体人问画家陈丹青：一个人的成功和什么有关系？

陈答：成功观害死人。你要去跟人比，第一名还是第二名，挣一亿还是挣两亿……我对一切需要"比"的事物没有反应。……我喜欢独一无二的东西，不可取代的东西，你看桌上那桃子的样子！十点钟的太阳和十一点不一样，我大为感动。

此语深得我心。身为教师和母亲的我，每每思及陈的这番回答，内心必如看见了阳光下不断变化的桃子那般，涌满了快慰和感动，也不经意浮出几许遥远的感伤。

清楚地记得，读小学四年级那年，哥哥的同学小敏没有考上初三，留级在我们班。一天，我去办公室送作文本，教我图画课的孙老师问我们的班主任："这孩子近来怎样？"班主任老师看着我，笑着说："很好。"略略迟疑了一下，又补了一句："作文比小敏还是稍稍逊色了点儿。"每次送作业进办公室，总会有老师将我拉过去，有事没事逗逗我，或者和我聊聊天儿。我能听懂老师很多评价我的词语，比如"优秀"，比如"文腼"，比如"踏实认真"……但"逊色"两个字怎么写？是什么意思？我不明白。回家问哥哥，哥哥说，老师的意思是说你的作文比小敏差一点儿。我听了，不禁黯然失落。老师常常范读我的作文，每年都会派我到乡中心小学参加作文比赛。尽管如此，和小敏相比，我还是无可避免地"逊色"了。那时我想，小敏一定是棒极了。之后，我便常常翻读小敏交到我这儿的作文本，处处把小敏当成榜样，甚至模仿小敏的字迹：窄窄瘦瘦，一顺溜地歪斜着，每一个竖画都拖成长长的尾巴，我觉得那样很成熟很洒脱。老师看着我的作业本，痛心地找我谈话："多好的一笔楷书，怎就毁了？！"我不以为然，仍旧一意孤行，心中暗想："算了吧，别以为我不懂什么是'逊色'！"

许多年后，每次看到自己笔下不经意地拖出的那些长长的尾巴，总不免黯然，心中真切地掠过童年的失落和威压，和成年的我为那些失落和威压而生出的疼痛。那时，年幼无知的我，为了在老师眼里不"逊色"而失去很多原本优秀的东西。

后来，我也做了老师。面对那些纯真剔透的天使，成长的经历让我诚惶诚恐慎言慎行。我从不轻易地评价一个孩子，更不会在任何场合拿一个孩子和另一个孩子相比。世间的每一个孩子都是一只独一无二的"桃子"，他们在不同的"生长点"上都会呈现不同的生动的美，各有各的优点和长处，是不可比的。每届家长会上，我都会郑重而真诚地对家长们说，不要拿你的孩子和别的孩子相比，如果一定要比，就拿孩子的昨天和今天相比，只要今天比昨天进步一点点，你的教育就是成功的，孩子就是优秀的。

从来厌恶攀比和竞争，尤其在教育领域内。细细想来，我们做老师和做家长的，之所以会生出无穷的焦虑和烦恼，并不是因为我们的孩子不够优秀，而是因为，实质上我们拼命追求的并不是带出一个优秀的班级，而是带出一个比别人更优秀的班级；并不是要拥有一个优秀的孩子，而是要拥有一个比别人更优秀的孩子。因为攀比，让我们失去了教育的成功感和幸福感，让孩子失去了快乐的童年。

近读龙应台的《亲爱的安德烈》，摘一段母亲对儿子的深情告诫，送给我亲爱的孩子们，也包括我们——每一位家长和老师：

> 如果我们不是在跟别人比名比利，而只是在为自己找心灵安适之所在，那么连"平庸"这个词都不太有意义了。平庸是在跟别人比，心灵的安适是跟自己比。我们最终极的责任对象，安德烈，千山万水走到最后，还是"自己"二字。

文字与自我

陈丹青《退步集》开篇《"且说说我自己"》，坦言直陈其对文字与自我的观点：

  人只要是坐下来写文章，即便写的是天上的月亮，地上的蒿草，其实都在"谈自己"，而我读到文章里出现太多的"我"字，便起反感，因我向来怕见进门坐下来滔滔不绝大谈自己的人。

诚哉斯言，味之欣悦。暗忖，大凡赖文字以抒写情怀、镌刻光阴的人，对此莫不是扪心颔首的吧。

一个人，要么不着笔，不开口，一旦着笔开口，哪个词哪句话，不在凿凿言"我"？其实，字里碰不碰那个"我"字又有什么不同？！

这，首先取决于个人的情感对事物审美的感染性，如观堂先生所言，"有我之境，以我观物，故物皆着我之色彩。"对此，文学世界耳熟能详的典例不可计数，不说老生常谈，想想都让人倦淡。拂过。

其次，个人的审美对事物的注意存在着一种不自觉的"过滤"，审美客体总是将注意的重点落在了契合自己审美要求的事物上，同时滤掉了那些冗余信息，从而使自己的文字表达染满了"我"的味道和色彩。如，同写"精神洁癖"：

杂文作家房向东这样回忆林贤治：一次，有人邀请林贤治加入"思想者文丛"，他听取了文丛出版设想，计划加盟，后来发现这套丛书中有他不喜欢的某个人，就打消了念头，断然退出。

台湾作家林清玄写过一种叫做锦鲤的鱼：锦鲤生来美丽而优雅，只吃适合自己的上好的食物，即便面临绝境，也绝不学习吴郭鱼，抢食残羹剩饭。但同在一片水域中，锦鲤却并不在意那些哄抢它生命资源的黑色杂鱼，在它的眼前进进出出。

一个人一生中值得回忆的事情很多，房向东对林贤治与自己心目中的精神不洁者"不共戴天"式的纯粹与决绝的记取与赞赏，正见出了一位杂文作家嫉恶如仇、黑白分明的内心世界，刚正而犀利；世间有多少生物欣欣向荣，林清玄对锦鲤"视而不见"式的优雅与安泰的描写，则见出了一位禅修者摆脱烦恼困扰和欲望束缚而抵达的心灵的强大与平和，自在又自由。

有时，即便你不亲撰文字，你翻译的著作，阅读的书目，阅读中的留痕，对你花木掩映的内心世界也是一种极不经意的出卖。

一次，我借朋友的《王小波散文精选》，读到她标记的一个句子，刹那心疼："傍晚时分，你坐在屋檐下，看着天慢慢黑下去，心里寂寞而凄凉，感到自己的生命被剥夺了。"想想她风雨独行的漫漫岁月，这无疑是对深心孤独的一次点击确认。笔走如犁，划开的，岂止是一条寂寞的河流。

2011年3月，春寒料峭，与一位以阅读为宗教的女子偶遇。茶社里与我分享《不能承受的生命之轻》的阅读感悟。她流畅地背诵："那一天，在他们一起出门要去城里走走时，弗兰茨发现母亲的鞋穿得不成对。他很不安，想提醒她，又怕伤了她。他同母亲在街上走了两个小时，双眼始终不能从她脚上移开。从那时起，他开始懂得了什么是痛苦。"女子微微笑着，虚迷的眼睛平静而幽深。她感叹道：对于痛苦，这是我读过的最成功的描写。那段日子适逢我也在阅读米兰·昆德拉，我当然记得，那是一个爱情走失、婚姻破碎的女人的痛苦、无措与绝望。我不敢看她，直觉心中一阵一阵钝痛。我们很多年不见了，已久不知悉她的现实情状，但那一刻，我懂了，她是个吃过苦的人。

而我，从来就是一个开卷便喜欢在行间注音、释词、圈圈画画的人，偶尔也会只言片语顺手简记一时所悟，过目过手，那书，已是独属于个人的私密。故此，我几乎从不肯外借自己读过的书，唯恐"蛛丝马迹"逃不过慧眼慧心，以致私心私念泄露无遗。

在现实生活中，为人，我喜欢有懈可击的那种；回到书房里，读文，我又盼望读到无懈可击的那种。有懈可击的人是有人味的，无懈可击的文是可玩味的。而我又一直是"文如其人""言为心声"的笃信者，这让我深感陷入悖论。一次散步，我很不甘心地问先生："你说，一个有懈可击的人，会不会写出无懈可击的文？"那时，我竟不能断定自己终究更期待听到怎样的答案。后来，我常常缓慢忖思，一个有懈可击的人若是善于观察思考生活，吸取别人的经验教训，融入自己的理想智慧，或许可以写出无懈可击的文字，这或许可以理解为一个人内心的性情与向往，与"文如其人"并不冲突吧。我还想，倘若一个人的文字真的可以成功地"迷彩"真实的内心，那该是一件多么不可思议的事情。

每当一声轻轻脆响，我将日间的喧嚣纷扰断然关在家门外，安详地坐在温暖的灯火中，任由内心那一脉清溪潺潺流淌于键盘之上，潜意识里便会不经意地冒出一念：这些文字都是没用的，它不能为我加官晋职，不能助我立身养家，又没有人下任务书，为什么还要写？

知堂先生的文艺论中曾说："有些人种花聊以消遣，有些人种花志在卖钱，真种花者以种花为其生活。"先生想说的是人生的艺术，在于有独立的艺术美与无形的功利。我想，这是否也可以理解为文字与自我的关系？

乱想。

字里觅芳踪

转眼又一春。

今天，我的城市零下八度。

放假了，可以哪儿也不去。静心蜗居。幸福。

登录博客，收到忘年交的纸条儿："嗨，宝贝！放假了吗？……我常常猜想，这些天小笨笨会很忙吗？当然，你是不会忙着置办年货的，可你是个特别爱干净的丫头，春节前是自己忙还是请人忙？我和你不同，虽然年岁大了，一切都要自己动手，JS 也是和我一样，都不喜欢让别人替我们做这些。很想你呀！真的！"读着条儿，我傻傻乐了。她是一位年逾七旬的老人了，可是我从不愿称她为老人，因为她那样活力、开朗，那样富于感染力。

07 年，我漂在搜狐混日子。因为几个极其散漫的句子，结识了这位年近七旬的忘年交。她可以依赖我的句子想象我的个性和容颜，常常像一位恋人在博客里等我。而我，却总怀疑她是位大叔，常常"不解风情"状，装作不在"家"，远远看着她。她让我猜东西，我就故意猜错，于是她很气愤地给我起了个名字，叫做小笨笨。我也礼尚往来，送她一个昵称：老笨笨。

老笨笨一直是研究俄罗斯文学评论的。09年开春，她给我邮寄了一本自著散文集《守候黄昏》。于是，我常常坐在黄昏里读。她写的牛粪都散发着芳香，她写的雨后的草地，清新得如同睡到自然醒的眼睛……读着读着，每每便充满留恋。守候黄昏，我知道，这黄昏里蕴藉着很多醇厚的意味，总让我这位素有黄昏情结的女子深情款款，沉醉忘归。

她提及的JS，是我的江南姐姐，吐气如兰，白衣胜雪，纤尘不染，是一位永远不老的美丽女主播，也是老笨笨从教生涯中最最得意的"作品"，无愧于如云女子中的极品之谓。她的博客里贴的多是原创诗词，文字远非一个"锦绣"可以概括。

老笨笨简直太了解我了，我真的没有准备年货。以前公婆在的时候，逢年过节与公婆一起过，什么也不用准备；公婆去世了，年年便与哥嫂一起过。嫂子从医，人干净又勤劳，什么都准备得周全又科学。她总说，瞧你妖妖气气（先生老家话的意思大约就是娇里娇气的意思吧）的，玩去！因此，长这么大，不论什么节日，我都是一个幸福的甩手大闲人，只需用大吃来表示答谢即可了。

山下的小区，即便是白天也是很安静的。儿子在书房里翻书的声音清晰可闻。

今天，特留出一段奢侈的时间，理直气壮地想念我的女友们——那些如同老笨笨和JS一般以文字喂养灵魂的女子。

想来确是"宅"了很久了，上午悄悄去探了她们的园子，几乎都是静悄悄的，一派安宁景象。有的已经很久很久没有更新了。不过，一点也不妨碍，依然是那么熟悉的文字，依然是那么熟悉的气息，依然是一读心会的快意。我想，一颗无需外求的灵魂常常是安静的。这些女子是开花的树，可以在岁月里独自繁华，独自婆娑。

我喜欢林清玄这样写"欢心":"如果没有凤蝶来访,朱槿花也会欢心地开,不减损自己的美丽。如果朱槿花不开,凤蝶也会欢心地飞,不会失去自己的姿采。这才是欢心的真意!"

是的,将自己的悲欢交由外因掌控,实在是被动和危险的。想必,她们是得了欢心的真意的。

今天,2013年2月7日的日记很简单:

　　一年春又至,字里觅芳踪。

慢慢走，欣赏啊

终于可以读书。

"慢慢走，欣赏啊！"

翻开朱光潜先生的《谈美》，我再一次用温暖和爱意抚摸这一行文字。想起那天，徜徉于书城的书海中，翻开这本书，目光接触这行文字的时候，就"一见钟情"了。

于是，就因为这个写在扉页的句子，我买下了这本书。

这本是立在一个易出事故的山崖窄道转弯处的标语牌上的短句，它让很多疾驰的车辆减慢了速度，让很多急着赶路的司机宁和了心境。慢慢走，欣赏崖边景致的同时，避开了许多不幸。

"慢慢走，欣赏啊！"——就这么一个简短的句子，忽然让崖边逸满了山花和绿草的芳香，让你的心里忽然充满和风与柔情，似有蝶舞，似有蜂鸣；行走在深山窄道上，行走在前路未测的转弯处，这个简短的句子，忽然缓解了你心头的紧张，让你僵硬的抓紧方向盘的手不由灵活自如起来，车速和心情一样变得平缓舒放。

很多时候，风景的美丽与否，不在客观，而在心境。

行路如此。其实，生活何尝不是。

它让我的思绪沸沸扬扬。我想起了今晨飞奔下楼的儿子。每一天，我追着他的背影，将头探出门外，无数次重复一个相同的句子："小心！"然后匆匆奔到阳台，俯视他骑车远去的背影，牵心挂肠。从小学到中学。每一次我都怔怔地想，什么时候儿子长大了，读大学了，我就省心了，轻松了，开怀了！今天我读到这个短句，儿子成长的点点滴滴忽然涌满记忆的天空，从他吮吸第一口乳汁，第一次学会仰头，第一次学会翻身，第一次扶着东西站立，第一次开口叫妈妈，第一次迈开脚步蹒跚前行，脱落第一颗牙齿，人生中第一次考试……直至他第一次学会用自行车驮着我，第一次对我说未来的设想……这其间的每一个细节，都是多么温暖而美丽的风景！只是我一味地将景点定在大学生活的开始，一路匆匆，我没能以欣赏的姿态和心境，细细品味其中的甘甜，享受儿子带给我的生命的色彩和快乐。纷纷扬扬的思绪里，都是儿子哭笑嬉闹坐卧立行读写唱诵的影子，静静凝思，眼睛竟有些湿了。

它也让我想起了18年的工作生涯，总是看书、考试、参加各种活动和比赛，总是觉得时光匆匆，没有喘息的机会。慢慢走，其实做好每一件事情的每一步、每一个细节里都充满了喜悦和享受，只是我们没能用享受的姿态来欣赏它罢了。今天想来，忽然觉得生命从容了许多，脚步轻快了许多，前方定然一路花香！

带着一种坚定的情怀上路，内心少了许多的畏惧。

风景，不在所谓的某一个景点，而在奔赴的途中。

不要因为一心奔赴心中既定的景点，而忽略沿途平淡而美丽的风光。

"慢慢走，欣赏啊！"在滚滚的红尘路上，我们常常需要这样的清流，浸润逐日干涸的心灵，需要这样充满诗意的短句，洞开狭窄的心胸。

慢慢走，欣赏啊！

一路风景，别样风情。

由《怀怀谦》想到的

今日周六，赖床晨读。在最新《杂文报》上读到了北京市王乾荣先生的《怀怀谦》，文章朴素诚挚，读来心沉无语。

看看今天的日期，算来《人民日报》大地副刊主编徐怀谦先生"走了"已整整一个月了。

8月23日，曾发微博，转播了《酷的脸》片段，对他的"走"，以表关注和哀思：

> 有人说，这是一个平庸的时代，一个物质的时代，一个愚乐的时代，一个缺乏大师的时代，可是，我们不能把什么过错都推给时代。一个人左右不了时代，却可以左右自己的脸——它可以不漂亮，却不可以没内容；它可以很丑，却不可以没有个性。

临了，加上了我给微友们的转播注释——这个人，已从人生顺利"越狱"了。

他的慨然而去令世人震惊，且理所当然异口同声地追问："为什么？"

是啊，为什么？作为中国最具权威性、最有影响力的《人民日报》的副刊主编？人们从他的工作生活、健康状况、杂文作品中去捕捉，猜测，并给出了种种结论。

我以为，九九归一，不过三个字：太较真。

鲁迅说，一认真，便容易趋于激烈，发扬则送掉自己的命，沉静着，又啃碎了自己的心。

老舍则说，爱什么就死在什么上。

在近半年的时间里，我常常于枯坐中回溯历史的河流，想念一些已然故去的人。尤其是那些决然弃世，慨然"越狱"而去的人。抱石投江的屈子，昆明湖自沉的观堂，双双离去的傅雷夫妇，平静步入太平湖的老舍……当理想处处扑空，当信念遭受重创，当人格被肆意践踏，拿什么来捍卫生命的尊严？那些纯粹的灵魂实在太理想，太干净，太自尊，他们无法与环境通融，无法向自己高贵的灵魂妥协。

永辞，便成了唯一的出路。

太洁净的东西就太需要百倍地珍惜，太刚烈的因素往往也是太脆弱的因素。我永远不会对世人眼中的"弱者"指手画脚。每一种生命都有自己的生存习惯和条件，我理解他们的选择，并永远敬重他们。

想起他们，我便也不能自已地想起一种鸟，查塔卡的杜鹃。

读读林清玄的《查塔卡的杜鹃》吧，我们或许会对那些倔强的生灵多一些理解，同时让我们的内心获得些许安慰：

传说印度有一种叫查塔卡的杜鹃，它只在雨天歌唱，只饮雨水为生。如果很久没下雨，查塔卡就会失去歌唱；

如果更久没下雨，查塔卡就会集体死亡而消失。

我走在雨中的时候，常常会想起这种印度杜鹃，想到这个世界上不乏江河湖海，为什么查塔卡鸟不饮雨水就不能解渴？这个世界上也常有唱歌跳舞的情境，为什么查塔卡鸟只在雨中唱歌？

宇宙间有许多问题是无解的！就像熊猫只吃竹子，无尾熊只吃油加利叶，蚕宝宝只吃桑叶，蛀虫只吃木头……

说是演化也无不可，但我却相信其中有一些不可思议的坚持：我就是喜欢在雨中歌唱，我就是只喝雨水，那又怎么样呢？

坚持走向完美，坚持做世间稀少的物种，就会带来两种完全不同的结果：一种是环境与情境的无法融通，走上死灭之路；一种是终究被发现了珍贵的内涵，被视为珍宝。

我想，那些世间稀少的物种，即便是在无法融通中死灭，他们也永远是值得人类仰视的杰出的高度；如果被发现而视为珍宝，那是人类文明的进步，是精神领域的一种超越和胜利。

滚滚向前的历史洪流中，一个人或一个物种的消亡，不过是一粒投入的石子，瞬间便淹没无踪了。但我相信，他们不屈的精神将在岁月的荡涤中与日月同辉，与天地共存。

第七辑

浅　笑

隐私及其他

隐　私

先生没有"预约"突然来访,梅子却还没有来得及洗好他的衣服。

第二天清晨,先生不得不穿着脏裤子下楼,边走边对梅子说:"你看看,我这样怎么出去?"

梅子很轻松地说:没事,反正大家都知道你没老婆!

先生很郑重地说:没老婆很正常,可是我怎么能让别人知道我没有情人!?

梅子一把搂住先生的胳膊:走!咱去买条新的!——誓死保护你的隐私!

秘　笈

一天，梅子一边上网一边烧糖醋排骨，因为太入迷，排骨烧焦了。

梅子傻傻地看着烧焦的排骨，拨通了先生的电话："老公，我发现一个烹饪秘笈！——我知道怎样可以把排骨烧得快点了！"

先生：……？

梅子：上网的时候烧！

瞎　教

周末的傍晚，先生和梅子散步。

一位年轻的父亲领着蹒跚学步的女儿，指着一辆雪铁龙尾部的图标教女儿说话："乖，你看，这是'标志'！说，'标志'！"

先生指着那位父亲对梅子说："太不负责任，纯粹瞎教！——明明是'雪铁龙'，非要告诉孩子是'标致'！"

大力水手

晚餐，先生吃水饺，梅子吃了一碟菠菜。

晚餐后，他俩一起出去散步，先生调皮，梅子挥拳便打。

先生很不屑："切！你以为你是大力水手波比呀，吃点菠菜就力大无穷啦？！"

望梅止渴

先生带梅子和儿子吃鸡煲,然后去散步。

儿子:今晚的调料太咸了,渴死了。爸爸,矿泉水你要吗?

先生:你买自己的吧,我看看你妈就可以了。

儿子:……?

先生:望梅止渴。省钱。

抱小孩儿的妇男

梅子和老公乘公交。

中途一站点,上来一位抱小孩的年轻妈妈。售票员姐姐说:请给抱小孩儿的妇女让个座!

梅子飞快坐到老公腿上,让出了旁边的位置。

老公与那位落座的年轻妈妈相视一笑,把梅子搂到怀里说:"我是抱小孩儿的妇男。"

售票员姐姐和那位年轻妈妈都笑了。

不重样儿

梅子回故地,掏出钥匙开门,对门一对小夫妻刚巧上楼,小妻子盯着梅子看,梅子善意的微笑,小女子满面疑云勉强回应一笑。

不多时,老公回。

梅子:"对门的小妻子一定很奇怪,这家是没女人的,今天怎么跑出一个会开门的女人?心里一定想,对门这个老男人学坏了!"

老公:"不对,她是这样想的:这个老男人咋恁有魅力?来来往往这么多女人,居然还不重样儿!"

穿这么多怎么睡

老公喜欢裸睡。

一天晚上,梅子抱着本儿坐在被窝里写字。

老公翻过来掉过去,长吁短叹,终于呼一下坐起来说:"穿这么多怎么睡?!"

说着,将身上唯一的三角裤飞出被窝,砰一声倒下去,夸张地作甜美舒适状,闭上了眼睛。

兔子和熊猫

梅子吊在电脑上写一位作家印象,几乎通宵。

次日上午,老公欲拉梅子去逛超市。梅子仰面睁大眼睛给老公看:老公,看看,像兔子吗?

老公肯定地说:不像兔子!

梅子乐不可支,手舞足蹈:太好了、太好了!

老公接着说:像熊猫!

说真话是要倒霉的

好太太

先生为自己选了一款热水器，名曰"好太太"。

一天晚上，先生宽衣沐浴，进了浴室又窜出来，拉着梅子来到浴室，指着温度显示屏，十二万分自豪地对梅子说：看看看看，我的眼光！

梅子疑惑地抬头看：咦？设置的温度明明是 50 度，可是加热的温度居然显示 51 度！

先生继续得意：怎么样？什么是好太太？就是比我的期待更热一度！

那张白

那年，梅子刚毕业，嫂子托女友给她介绍男朋友，让她去相亲。

男孩子走后,哥嫂问她:"咋样?"

她嗫嚅半天:"没好意思看。"

为了让她看清楚,嫂子无奈,让女友去向那男孩索要一张照片来。婚后多年,梅子嘲笑当初那个男孩说:"什么眼光?挑了一趟子照片,还挑张曝光过度的!"

老男孩说:"没办法啊,是红娘自己挑的,硬说那张白!"

拾边田

回到故地,和先生的朋友共进晚餐。

一江南老总开玩笑:你可要经常回来,防止你先生搞第三产业!

梅子善意的傻笑,不接茬儿。

一位接着:简单说,就是搞副业。

老家在农村的小李:形象说,就是种拾边田!

下 岗

家庭聚餐。

一丈夫佯怒,威胁身边的妻子:不好好表现就让你下岗!

梅子开心地对先生说:我也想下岗,我就喜欢下岗,正好赖在家里不用出门。想看书就看书,想睡觉就睡觉,想吃东西就吃东西!

满桌开怀大笑。

先生满面愧色,对着朋友们蹦出一字儿:呆!

酸

梅子和叉叉去买包子。

梅子弯腰瞅了瞅,伸出一指头,指着筐内的包子,脱口问道:什么内容?

卖主:这边儿是肉的,这边儿是青菜蘑菇的。

叉叉抵了抵梅子的"痒穴":酸!

卖主赶紧说:不会不会!刚出笼的!

说真话是要倒霉的

芬和女友劫持梅子出去小聚。

坐下来,梅子盯着芬看了半天:这个冬天你瘦了,像猴子,真难看!

芬摸摸下巴,转向身边的女友:你说说,我有那么难看吗?

女友:想听真话还是假话?

芬:当然是真话,你最善于说真话了!你好好看看我再说,看看看看!

女友看了半天,摇了摇头:我还是不说了吧,说真话是要倒霉的。

我就是我妈

数鸡蛋

放学了。

梅子拨通电话：老公，你在干什么呀？

老公：数鸡蛋！

梅子诧异：数那东西做什么？

老公："你不是总对别人介绍，说我是贩鸡蛋的吗？"

梅子：……

防 偷

早上出门，老公碰上门。

梅子："把保险打上。"

老公："不用！我都不在家了，咱家还有什么值得偷的！"

救不了

晚饭时，梅子给先生打电话：干吗呢？

先生：吃饭。

梅子：然后呢？

先生：去找小三儿。

梅子：哦。傻孩子，你非要出去吃糠咽菜，我也救不了你。

伺候不了

周日，共进午餐，梅子吃着吃着停下来，手支着腮出神。

先生的筷子在梅子眼前晃两下：喂喂，想什么呢？

梅子：那天和儿子一起玩的女孩儿真的很不错，我喜欢。

先生：什么样的女孩儿，瞧你那样儿！

梅子陶醉状：看起来个性有些像我，长得也和我差不多，像我女儿。你说儿子会不会和她谈朋友……

先生一听，断然放下饭碗：不谈也罢！

梅子不解：为什么？

先生：伺候不了！

受不了

先生一朋友妻，雪天不幸骨折，至今未能上班。

先生：伤筋动骨一百天！

梅子：有那么严重？！看来我这辈子都不用上班了！

先生一惊：为什么？

梅子狗狗一样，软软地靠过去：我心伤了。

先生释然开怀大笑，点着梅子的脑门儿：哈哈哈，真受不了……

我就是我妈

暑假，先生带梅子去政府大院找朋友给笔记本儿重装卡巴斯基。先生把梅子放下就去上班了。

朋友在帮梅子优化程序，进来一位四十开外的男士，朋友指着梅子介绍：xx 家的。

男士沙发上落座，然后问：在哪儿上班？

梅子告知。男士点点头：哦，也是老师。听说你妈也是老师？

梅子疑惑：不是啊……

男士看了看朋友：不是 xx 家的吗？ xx 的家属不是老师吗？

朋友笑起来：是啊，是 xx 家的，她就是 xx 的家属……

男士尴尬，梅子恍然大悟，淡淡一笑，一本正经道：噢，我就是我妈。

换锁与换人

散步的时候，先生曾经对梅子讲过一个刁蛮任性的老婆，老公回家的时间只要超过规定半小时她就毫不客气地换锁。

一个周三傍晚，梅子电话询问先生几点到家，先生答：大约六点。

梅子：哦，超过半小时就换锁。

先生笑：洗澡水烧好，换洗的衬衣准备好。

梅子：不干！那是保姆的事儿。

先生：哦，不换思想就换人。

小曦的狂言诈语

"骨神"

儿子躺在沙发上看《读者》。
儿子：妈妈，你知道"股神"是谁？
妈妈：我！
儿子：你？哈哈，是"骨头"的"骨"吧？

要是爸爸呢

迎面走来一个不喜欢的熟人，梅子视而不见，径自前行。
儿子：妈妈，快看，x叔叔！
梅子不转头，若无其事：以后凡是我看不见的人，不许提醒我！
儿子：那要是爸爸呢？

一点点

一大早,儿子又跑来钻被窝。
先生说:儿子啊,你都长这么大了,还来钻被窝,不合适吧?
儿子说:合适!我小时候都是这么睡的!
先生说:不一样,那时候你还一点点。
儿子说:一样!现在我妈一点点。

刷卡行吗?

学校附近有一个特抠门儿的修车大叔。一天三个孩子去打气。
生甲拿起气筒刚要打。
大叔:喂,一毛钱!
生甲:忘带了,下回给!
大叔不依。
生乙:喂,我认识你儿子哎!
大叔仍旧不依。
小曦无奈,掏出饭卡:大叔,刷卡行吗?

孤　独

小曦觉得自己自律不够严,主动找到班主任请求单人单桌,获准。
一天,历史课上,老师走到小曦面前,纳闷儿:"为什么一个人坐?"

小曦深沉状:"历史没有告诉你吗?英雄总是孤独的!"

出　书

同学们疯狂地买数学补充习题,但是觉得都不如自己数学老师拟的题好。

小曦:"老师,为啥没见你出的集子?"

老师不屑:"切!你见孔子出过书吗?"

中　和

儿子晚自习回来,梅子和儿子并排站在壁镜前喝奶茶。

儿子:妈妈,你以后少去我们学校!

梅子:怎么了,丢你脸啦?没良心的东西,我还不是为了给你送牛奶!

儿子:免得我们班女生一惊一乍的。她们问我,你爸爸一定又黑又难看吧?

梅子满脸疑惑:怎么讲?

儿子:她们说,要不是你爸的中和,你怎么会长成这水准?!

(注:这类的对话,通常是儿子有求老妈的前奏。)

神六的颜色

儿子一边吃中饭一边讲述今天课堂上发生的事情:

地理老师讲大气成分的时候,问同学们:"神六返航舱经过高空大气的时候,要经受上千度的高温烘烤,经过大气层时,要与大气中的成分发生摩擦,产生大量的热,所以神六飞船落地的时候会是什么颜色？"

　　同学们不约而同地将目光转向我，一言不发，一起伸出食指，指向我。

　　（注：儿子整个暑假体育训练，晒得颜色很深，于是同学们对其大肆调侃。哈哈）

90后与60后的快乐生活

哑 剧

壁镜前,梅子和儿子并排吃面。

儿子看看镜子中的梅子,用筷子在梅子的头尖和自己的肩膀之间比划。

梅子不屑,边吃面边赤脚踏上沙发。

儿子又摸摸自己影影绰绰的青春之须。

梅子不动声色,用筷子一端撩起疯长的长发。

儿子转身离开:败给你了!

顶级马屁

一天,年近四十的梅子和儿子去买饮品。

服务员对梅子导购:"您好!这种婴儿喝最合适了!"

梅子笑了："我暂时没有这样的小孩儿要喝！"

服务员脸腾一下红了："实在对不起！我以为您已经结过婚了！"

在一边选饮品的儿子诡秘地笑，俯身凑到梅子的耳边："妈妈，真受不了！这是我听过的最顶级的马屁！"

随想与瞎想

梅子在卧室替儿子打字，更新儿子的个人空间。

内容打好了，发布之前梅子问："儿子，没有题目，自己拟一个标题？"

儿子："你随便拟一个吧！"

梅子边打字边说："就叫'随想'吧！"

儿子大呼小叫窜进来："妈妈！你饶了我吧！什么随想，太酸了，同学们会笑死的！我可是90后呢！快改！"

梅子："那叫什么？"

儿子："瞎想！"

一鸣惊人

儿子早上起床，恶狠狠的放了一个p。

梅子气愤："干什么你？！你以为整出那么大动静有奖啊！"

儿子得意："不鸣则已，一鸣惊人！"

吓了一大跳

儿子臭美，偷偷减衣，不幸感冒。

梅子幸灾乐祸并趁机大加惩治："该！该！！再臭美！快点把棉袄穿上！还有保暖衣！……"

中午儿子回家，边吃饭边得意："妈，今天早晨我一进教室，吓了同学们一大跳！你猜为什么？"

梅子："见到你这样的人也穿棉袄了？……发现你嗓子哑了？……看到你脸变黑了？……讨厌，不猜了！"

儿子："因为我的棉衣和年级主任的一模一样，同学们以为是主任来检查，吓得都不敢抬头！哈哈哈哈……太过瘾了！"

不怕亏心事

午间，儿子边吃饭边作班级趣闻播报：

妈妈，今天课间，老师找 A 同学出去谈话，不知道谈了些什么，A 回到教室，边走边嘟囔："哼，反正我也不怕做亏心事！"

嗯？我一愣，自言自语跟着重复了一遍，接下来，同学们哄堂大笑。

比屁股还大

晚自习回来，儿子撩起 T 恤："妈，你看，我腰上被蚊子叮了一大口！"

妈妈在笔记本上写日记，没抬眼皮："嗯，知道了。"

儿子不依："你看啊！多大的疙瘩呀！痒死了！"

妈妈抬起头："好了！我看见了，大，的确是大，比屁股还大！"

惩　罚

　　妈妈喜欢简单。周日的上午，她老是盯着平底凉鞋上前面的两根带子。
　　儿子边吃水果边问："有什么想法？"
　　妈妈："剪掉一根儿会不会更好看？"
　　儿子："不知道。"
　　妈妈继续盯着鞋子："有一种冲动……"
　　儿子："剪坏了，就是对冲动的惩罚。"

一路笑语

教练和尼姑

在徐州开往泰安的动车上。

梅子:"去年暑假在南昌回来的途中,坐对面的年轻人说:'请问你是瑜伽教练吗?'"

先生:"为什么?"

梅子:"他每次醒来都看见我盘腿端坐在铺位上。"

小曦:"他应该这样说:请问你是带发修行的尼姑吧?"

梅子:什么意思?

小曦:瞧你那长相,严重缺乏七情六欲!

直 观

下了动车,迈上泰安市的土地。

儿子买了张旅游图，打开便大呼小叫：啊哈！不要太直观哦，简直连我妈都能看懂！

道　具

在孔府，梅子欲拉小曦合影："叉叉，今天借你当道具！"

小曦："不干！"

梅子："合作一次付费十元！"

小曦不屑："拉倒吧你！花果山的猴子拍一次还20元呢！"

江南人的餐馆

逛完岱庙，我们兴致勃勃去寻特色炒鸡。很快，四个当地的特色菜上了桌。

先生边拆开筷子的包装，边平静地说："这家餐馆是江南人开的。"

我与小曦同时惊诧："这里你吃过？"（泰安先生来过几次了。）

先生指指碟子："还用吃过？看看这分量就知道了！"

键盘的歌唱

下了泰安至徐州的动车，开往晶都的票早已售空，无奈滞留于七天连锁酒店。

看着齐备的上网设施，梅子感叹："当年初用电脑，手一放在键盘上，脑子里就一片空白，只好先写在稿纸上再输入。可是如今，听不见键盘唱歌，都不会写字了。"

小曦说："那还不好办——买一只键盘走哪带哪。"

梅子的谬论

好 人

梅子说：所谓好人，就是对我好的人。

换 卡

晚上，先生的手机出了奇似的，一个劲儿接收到信息。
梅子一边看书一边说：下月我改用联通卡了。
先生诧异：为什么？
梅子继续盯着书：公共信息还挑人，只发你不发我。

借 钱

先生：老婆，你的卡上还有多少钱？拿来！

梅子：不行！

先生：借！

梅子：上次你借的还没还我！

先生：你哪来的钱借给我的？

梅子：我的工资呀！

先生：你不吃饭？

梅子：吃你的！

先生：你不穿衣？

梅子：穿你的！

先生：那就当你现在还我！

梅子：不用。当初你说娶我就会养我的！

先生：……

交代后事

凌晨，雷声隆隆，风雨大作。

妻长咳不止，夫朦胧中长叹一声，将妻拾入怀中。

妻：我觉得，应该交代后事了。

夫：有什么放心不下的你尽管说吧！

妻：我死了，你还会再娶一个吗？

夫：当然！这还用问？我才刚进入花季呢！

妻：那你不许叫她"乖""丫头""小东西"……

夫：嗯。

妻：你不许给她买毛毛熊、毛毛狗、毛娃娃……

夫：嗯。

妻：你不许背着她，抱着她，我枕过的这只胳膊不许她枕……

夫：嗯。

妻：你不许带她一起去我们最常去那家酒店，吃饭的时候不许给她夹菜……

夫：嗯。

夫：还有吗？

妻：总之，你对我说过的话，做过的事，不许对别人重复。

夫：唉！如果这些我都做到了，你死了能瞑目吗？

妻心安理得：嗯，能。

夫：……#……※×……%￥#￥……&*$……

梅子的逗生活

警察妈妈

1

晚归。

楼下的车位都停满了，先生只好把车停在一个不规范的地方。

边上楼，先生边调皮地摊开俩手抖了抖，皱眉撇嘴拉长脸，作惋惜状：明天的早觉泡汤了！要在警察上班之前把车挪走，不然准得贴罚单。

梅子一拍脑门儿，两眼放光：啊，我想起来了，下次我在刮雨器上夹个纸条儿——警察妈妈的车。

先生将嘴巴抿成一弯上弦月，用力点点头：嗯，那就等着收到两张罚单。——小样儿，警察的便宜你也敢占！

2

八月，梅子独自流浪在外。儿子让她每过两个小时递出一个消息，以防走丢。

返程没有预定火车票，上了车好不容易补好卧铺票，儿子的电话到了：妥了？一路有啥感受？

梅子很兴奋，对着电话夸张感慨：最深感受——警察叔叔真是好啊，每次求助，都那么耐心指引。温文尔雅，软言细语啊，真是新时代，新警察，新风尚！喂喂喂，你说我脑门儿上是不是写着四个字：警察妈妈！

儿子果断回答：哪有那么复杂？满脸就一个字儿：傻！

（注：今年儿子工作了，成了一名小警察，我们戏称他警官先生，哈哈！）

沙发是我买的

1

先生一直不爱吃水果，梅子爱吃。但梅子懒，害怕前期工作麻烦，常常就"省"了。先生心知肚明，又不想留下个拍马屁的坏形象，便常常借口自己想吃水果，耐心地去皮儿，切块儿，然后插上水果插，端上来。自己象征性地吃一小块儿就全推梅子跟前了。

周末的晚上，先生躺在卧室读"故事书"（梅子对小说的别称），梅子自己动手削了一只桃子，然后一整个儿扛着，跑到先生的卧室，边走圈儿炫耀，边狗吃天似的，歪着头寻下口的地儿。

先生落书于胸前，看着梅子那笨样儿，忍不住发笑：你这女人不仅懒，还自私！我每次都切开和你分享，你都想不到分我一点儿！要你还有啥用！

梅子一脸正义，慷慨宣布：休了！

先生说：嗯。那还不快走？房子是我买的！

梅子心安理得：不用，沙发是我买的！你住你的房子，我睡我的沙发!

2

梅子洗漱,准备晚安。

先生从卧室出来,晃悠一圈儿,发现新大陆似的,故作惊诧:诶?休都休了,你咋还赖着没走?

梅子很不放心的样子,曲声道:嗯……我得留下来看着我的沙发!

申请一万块存款

1

去年,局里来了个新同事。

一天,同事一下子借给朋友40万,都没用征求老公的意见,因为是私房钱。梅子瞪大眼睛,半天没说出话来。——未嫁时,钱交爸管;嫁了,钱交先生管。她从来不知打理钱的事儿。同事的风范让梅子震惊之余有了些想法。

晚上回家,梅子郑重地坐到先生跟前:我申请有一万块钱存款!

先生愕然:为什么?

梅子:人家的老婆一下子都能拿出40万私房钱,可我一万都没有。

先生哈哈大笑:你要一万块做什么?

梅子想想,半晌无语。

于是先生来了劲儿,扳着指头数:水电费我交,天然气费我交,你的手机费我交,你连买衣服都不知道好不好看,还不得找我?你有事情都是我替你做,我到,钱就到啦,你要钱干嘛?留给你买零食的钱不够用?

是啊,要钱干嘛呢?

一场革命,自觉收场。

2

今年，又来新同事。

新同事在家超级霸道，超级幸福，我们称她"红太狼"。她家的钱全归她管，不仅二人的工资卡独揽在手，还可以甜言蜜语乖乖小鸟样儿地哄得老公乐颠颠儿地拿加班费给她买衣服、烫头发。她宣誓：直"榨"得他赤条条来去无牵挂！

梅子的经济主权意识再一次被唤醒。

回到家里，梅子郑重地坐先生跟前：我申请有一万块钱的存款！

谁知，这次革命完全没有按既定的思路进展——

先生直接笑翻：又受啥刺激了？

第八辑

夜　读

恒俭先生印象

无数次"巧合"告诉我,个性决定了每至一处,我的目光的最终落点总在那些寡言少语者的身上。

恒俭先生便是之一。

恒俭先生是我的新领导。一想,如此说来似有不妥,因为流动的人是我。更恰切地说,我是恒俭先生的新部下,他分管我的部分工作。

向来不爱称呼一个人的官职,因为它于我,并不重要。在现实中如此,在文字里益甚。几年前供职机关时便曾在一位首长面前坦言,在我的深层意识中,"领导"这个词是很淡的,在我的人际关系中,要么是平常的同事,要么是真诚的朋友,或者是不相干的陌路。而无论如何,这一切都并不妨碍我踏踏实实工作,端端正正做人。恒俭长我约一旬,是本市教育杂志的主编,儒雅,持重,平日里不苟言笑,只一面,便清晰地感觉到,在他的周身存在着无形的"一米线"。即便是不相识的人也可一眼识出,这是个被文字浸透的人。因此,我宁愿恭敬地呼其一声先生。

每天早晨，我迈进办公大楼的时候，楼内大多尚为寂静。路过恒俭先生的门前，我总是不由自主将脚步放得很轻很轻，因为那时，恒俭先生必定已端端正正地坐在办公桌前读书，或笔直地默立于宽大的玻璃窗前，看朝阳。

生性不爱闲聊，平日路遇熟人也不愿多言，至多是浅浅一笑，轻轻点个头。与恒俭先生的交往也是如此，淡淡君子。因此，除了请恒俭先生审核文稿，批复文件，彼此从不多出一言。

一日，我正在做稿子，先生让我过去一下。我进了办公室，他示意我坐下，然后对我说："局里和所里经过慎重地研究，决定让你参与本市教育杂志的编辑工作。当然，这是当初的分工里没有的，如果你不愿意可以提出反对意见。"我说："没意见。我一直都很乐意和文字打交道的。"恒俭先生闻言，忽然一扫满脸的严肃，笑了："喜欢和文字打交道，没出息！"似在笑我，又似自嘲，但我的"没出息"分明是令他愉快的。

先生是个异常严谨的人。每次打开我的文稿，总是边看边在键盘上做一些修改："你看，这里多了一个空格……这个不该用逗号，用分号更合适……二级标题一律用小四号黑体……文题下面的作者姓名要用楷体，你看最后这一篇作者名用的就是宋体，不统一了……这些都是细节，你不修改也很少有人看得出，更不会有人指责你，但是一个追求完美的人不会放过任何细节。编辑就是这样的，做的都是一些看不见的工作。"有时，我依照自己的表达习惯，在作者的文稿上做一些修改，先生总是细细看过，将原句读给我听，然后说："你看，即便不修改这意思我们也可以读懂的，只要可以读明白，就尽量尊重作者的表达习惯……"我点点头，一一默记于心。

焱总对我赞及先生的文章，然我除了读过先生帮我修正过的公文稿，是极少能读到先生的文章的，直到今年的第一期教育刊物成稿校稿，逐字逐句拜读了卷首《约稿之外的话题》，真正折服了！只觉得一个鲜明的特征：练。练到无法剔除一个字。亦于先生的行文中见出深厚的文言功底。对于教育文章如何能鞭辟时弊，能不端着架子，能"轻松，有趣，又能让读者会心一笑"，议得沉着含蓄一读心会。那风格，颇似二三至交，冬日围炉温酒，三杯两盏，娓娓闲话，言未必丰，而寄意厚实；议眼前事，然涉意深远。那味道，令你着实快意却不能言说，真真为养心之作了。

  一直是位深居简出的女子，迁入新境以来，也只偶尔与恒俭先生同席共餐。那次恒俭先生坐在东道主的位子上，我隔着席面与先生遥对。酒至酣处，一轮新酒斟至先生面前，身边的一位女主宾将先生的杯子取走，示意不必再斟了。不想，先生抱臂于胸前，腰板儿挺直，微微后靠，率性地笑言："喝酒，我是不需要保护的！"那姿势，那语调，颇有一股血性男儿的豪气，又有几分稚子般的纯真无邪，更多的则是一种文人的风雅和洒脱。我静观，忍不住微微笑了，心中忽至的，满是轻松、敞亮。尽管我是不饮酒的，仍是油然而生一饮而尽的快意。渐渐的，他似乎已有了二分醉意，看着一位搬出千般因由以拒酒的男士，说："男人，有时不妨率性一点！"席间立时响起掌声，一位年轻的女子禁不住端了酒杯径自来到先生身边，慨然道："就冲这一句，干一杯！"先生二话不讲，举手倾杯！已知天命的成熟，酒入衷肠的豪爽，令席间性情女子皆大为之动容。

  同事陈告诉我，先生看起来严肃，其实是个很容易亲近的人，生活中的先生是很有情致的。我说，睹书识心性。常常在送审文稿时，悄悄留意先生案头阶段性变换着的书卷：《鲁迅全集》《笑谈大先生》《王小波全集》《读书》……知道这些就足够了。

  同学张告诉我，先生是个极挑剔的人。我说，一个心中有原则的人才会挑剔，一个心中有坚守的人才有取舍。对于那些与谁都可以侃侃而谈，与谁都能轻易成为朋友的人，我常常敬而远之。

  对于恒俭先生，我只是一个静静的观者。思想，忠实于自己的眼睛，且无意于懂得更多。仅此足矣。

　　处世为人，我习惯这样，简简单单，彬彬有礼，甚至清淡疏远。只把欣赏和敬重放在心里。

初识陈武

记住"陈武"这个名字,还是在一个异地的初秋。

那年,因为一个培训,我客居南通几近一月。

那时我还是一个正宗的网虫,分别在语文网站和中学生网站帮助管理员打理版块事务。因此,培训期间,除了上课,就是去网吧。

一天黄昏,斜阳如酒。我从网吧出来,走在南通的初秋里,举目西望,竟有些凄然地醉在了内心忽然腾起的思家的温情里。

彳亍在那一街的余晖里,我收到了朋友问候的短消息。那是一位恃才傲物的朋友。我说,近来我在网上编织童话。于是聊到了文学。记忆尤深,他说了一句极其得罪人的话:"连云港的作家,没几个真的。如果要读文,你就读陈武的。"就此,我知道了,在连云港有个叫陈武的、会写字的人。那晚,我企图将对先生和儿子的思念稀释在南通长街的风中,于是没去酒店吃晚饭,一直走。漫无边际的遐思里,也就多了陈武的"影子"。也许是因为名字里有个"武"字吧,我便不自觉的、初步的将他"画"成了一个铮铮铁汉了。总之,与"眼镜""斯文"之类怎么也没搭上边,甚至无厘头地认定,他就是一位军旅作家，所写的，也应是类似唐栋的《兵车行》那样的作品吧。

光阴，一直都是那么地毫不留情，大步流星。就在我散漫行思，将面容从那晚的余晖中轻轻偏转过来的当儿，五年，就那么擦着我的肩、拂过我的额角，穿越我梳理鬓发的指隙，呼呼奔远了！

说实在的，我基本是个不学无术、没有理想的主妇，虽然时常假假的开卷，大多也都是读读散文、杂文之类，或是读些养心、美颜之类的闲文，而陈武，小说是他的主打。因此，在这五年里，于文字间邂逅陈武的几率是非常非常小的。除了一次很偶然的在市日报的周末版上读过他的一篇写书与书橱的随笔，几乎没有接触过别的文字。

后来我知道了，很多人知道陈武这个名字。也有很多人以认识陈武为炫耀的资本。我只是静默地听。相对而言，我是热爱文字的，但是基于心性的散淡甚至怠惰，却并没有结识陈武的理想。我始终觉得，一位作家的世界是复杂的，尤其是小说作家。这个名字是清晰的，然而却远在我的世界之外。常常深深掩藏，一个貌似温柔随和的女子内心深处的清冷和叛逆。

生活有时很戏剧。那天我正在电脑上写字，领导通知我，晚上有个小聚，是关于《连云港文学·校园美文》约稿的相关事宜。我习惯性地推辞。领导说，去！没有别人，陈武召集的。听到"陈武"的名字，忽然想起南通时朋友的指引，于是我迟疑了一下，还是答应了。

坐在车内，我静静地想，究竟是怎样一位作家，让我傲世的朋友做出那样的评定。

迈进华裕的大厅，我的内心本能地撤得很远，一种强烈地孤独和戒备瞬间占据了整个身心。天生个性的缺陷，让我产生一种迅速离开的冲动。在服务生的引领下，我们来到了小聚的房间。一位谦和的男士迎上来招呼我们。我记不清他的穿戴了，只记得身材很高大，说话的音量很低，很温和。我随手将笔记本放在了旁边的沙发上，站在那儿。有几位熟悉的就跑过一边做餐前"热身"了。那位男士走过来说，你也过去玩吧，我笑笑，说不会。他谦逊而得体地询问我的名字，然后自我介绍："我姓陈，耳东陈……"我有些诧异。他显得相当地坦然、随意、平和，与我想象里的那位冰冷的铮铮铁汉真是相去甚远。

很奇怪，简短的对话之后，我一下子觉得放松了很多。

落座，一一介绍之后，"文学青年"们开始尝试着彼此沟通，寻找感觉舒适的"最佳体位"。隔着大大的圆桌，陈武就坐在我的对面。他的样子很有亲和力，说话的语气和神情都让人觉得昨天还在街角的转弯处遇见过他。他不断接受大家的敬酒，谈起约稿的事，他忽然想起来我们学校的经历，于是开始对大家讲述吃了门卫阿姨"闭门羹"的情景。门卫阿姨独特的个性在他白描式的讲述里，是那么生动逼真，我们都被他逗得开怀地笑起来。讲完了，他真诚地竖起拇指说，这样的门卫真是敬业，将来我家小乖就到你们学校读书！席间最后一丝生疏感也在陈武引发的笑声里消融殆尽。我看着对面这位吃了"闭门羹"依然由衷赞美守门人的中年男子，面对他超强的表现力，我不由暗自赞叹：他的确是一位写小说的！我有点敬佩他了。

后面的时段里，大家兴致盎然，畅所欲言，从约稿谈到了网络，从开心网谈到新浪、谈到搜狐、谈到网易……陈武忽然像个孩子那样得意地说，我有两个奴隶，临来的时候我派他们去打工了！这让我很兴奋，没想到他居然也和我一样喜欢玩空间里这些小玩意。我忘乎所以接过话茬："啊，我也有两个奴隶，我还有五辆车呢，你有车吗？我最贵的一辆车是法拉利！""有啊！你加我做好友吧，我可以送一万元给你呢！"陈武也因为找到"同党"而开心。呵呵，我们好像忽然回到了童年。

其实，最后大家都醉了，醉在交流的融融快乐之中。至此，我已经全然忘却了自己还是一位"生人"。分别的时候，我们那么自然而然地交换了联络的方式。

谦逊、平和、率真，毫不做作。这便是我对陈武最初的、最感性的认识。

回到家里，我急急忙忙去看空间看我的"奴隶"和"车"，然后打开百度搜索引擎，键入"连云港陈武"的字样，我顺利找到了陈武的博客。整体感受了一下博客的风格之后，轻轻点开了第一个分类："中篇小说"。19篇呢（实际是46篇，因为结集出版中，大部分被隐藏）。静静浏览小说的题目，目光最终停留在《天边外》。我喜欢这个名字，唯美，浪漫，让我莫名地想到了漫天落霞，大漠孤烟，甚至引吭高歌、悠然远逝的白天鹅。对于一个极爱做梦的女子而言，阅读陈武不从这里开始，那实在是极不正常的。

预想之中，只是先找到陈武的"家"，瞄几眼就溜掉。不曾想到的是，《天边外》将我牢牢绊住了。我一口气读完了它。故事的情节和我设想的不尽相同，相同的是一样的简单和透明。一行五人，签了生死合同、怀着不同的心情，装着各自不同的心事，却奔赴同一个目标——历险藏北。就是这样一个互不相干的、看似儿戏生命的组合体，在死亡之旅中却以各自不同的方式表达着对生命的无比热爱和眷恋。天真、纯情、像梦一样的女孩名名与维也纳的对白让我看到了真正行走于生活者的超脱，看到行走于滚滚红尘的作家对于简单快乐生活的向往；名名苍凉的歌声中，画家朦胧的泪眼；抛别白莲时，看似冷酷的老K湿润的眼睛，深深感动了我，我知道那不止是画家的泪、老K的泪，更是作者对于真挚、善良、美好和责任的理解和追求；我喜欢那种娓娓道来的叙述风格、那种不动声色的冷幽默。行文中许多细节含蓄而诗意，留有很大的想象空间，虽是死亡之旅，却布满温暖和生机。它如诗如画如歌，它是作者用自己对生命和情感的理想构建的一个透明的童话。

我对陈武说，读你的《天边外》，就像读水晶，读雨后的空山，读陈巴乔的眼睛……让心洁净无尘。我深信，每一位用心生活的人都会爱它。

接下来，我相继品读了陈武的散文《金银花》和《书房九歌》。简洁、朴素的文字，随性而大气，像在抒情，又像在自语。我说不出是哪个字、哪个句子打动了我，摘出来每一个词句似乎都很平凡，组合在一起却如同行云流水，字字句句直流进了心里。思绪在字里行间穿行，竟不觉得是在阅读，更像是置身于一个藤萝掩映的园中，坐在静谧的黄昏里，捧一盏既清香又略带苦涩的金银花茶，入神地听老朋友娓娓叙谈，关于生命和生活的恬淡情怀。于平和冲淡之中，体味一种质朴与沉实。

我想起了陈武的"自白"："我只是个喜欢写写画画的人，散淡而平静，情感也不丰富，基本上是陈巴乔的心态，有一颗糖吃就高兴了……"

的确。以阅读为基础，这"自白"让我感动。我真的不知道一个写小说的人原来也可以如此的简单和透明。

陈武，一位随性、平和、散淡的作家，及其与之相关的文字，终于从另一个遥远的世界开始融入我的阅读生涯。这，是一个非常美好的开始。

当我正在全神敲打这些文字的时候，电话响了。是陈武询问组稿的情况。他问我正在做什么，我笑说，正在写陈武啊。他问，印象如何？我忽然想起了名名的话：人一深奥就无知。便顽皮地顺口作答：总体认识——没有我想象得那样无知。

对着电话，我们禁不住一起笑起来。

拥一本暖书，独醉
——读陈武新著《俞平伯的诗书人生》

1

古往今来，"披卷"，似乎必得"品茗"佐之，方可成阅读的经典氛围。也是。琴棋书画诗酒茶，夜读一位红学才子的诗书人生，当然更是少不得茶了。

剔透的恒温宝上，一壶大红袍。加热座内，烛光橙黄如豆。温暖怀旧的光芒，静默地映彻清亮的茶汤。茶叶一片一片，在安详的烛光里缓缓醉落。想起唐人陆士修的茶联，"素瓷传静夜，芳气满闲轩。"陶然深嗅。严冬的灯下，于这样一片安谧之中，轻轻捧起案头的《俞平伯的诗书人生》，继续一种文字里的拜谒。

2

《俞平伯的诗书人生》是陈武的新作。"在诸位现代文学大师中，我对俞平伯有一种特别的喜欢——说不上为什么，在那一代文化人中,他的性格、行为和作品,甚至包括家世,都让我从情感上向他靠近。"他在序的开端径直写道。读着,就安静地笑了——"说不上为什么",我把这种"无端"的喜欢,理解为一颗好的灵魂对另一颗好的灵魂的自然亲近。他的文字就像他的人,如同深秋的苇花,永远那么真诚,平实,素朴,这感觉,一如六年前初读他的《书房九章》,平和冲淡,娓娓道来,流水一般簌簌漫过心田。与陈武相识小十年了,因此于我,每每开卷读他的文字,总觉行间氤氲着邻家大哥的温暖。

陈武谦称这是一本"小"书。的确不算"大",我用了三四个夜晚便细细读完了它。全书210页,20个章节,各自独立,又浑然一体。书的开篇《曲园文脉》从俞平伯出生的书香世家起笔,以作者寻访曲园的游踪为线索,步步深入,细细铺陈,为俞平伯的诗书人生奠定了坚实的基础。作者的表达灵活而别致:意在写对俞平伯影响至深的曲园老人,却不惜笔墨,不厌细琐,落笔于青砖铺地修竹婆娑的小天井,密密蛀满虫洞的板刻,落锁尘封的老式钢琴,壁上砖刻的《曲园记》,"春在堂""乐知堂""认春轩"……以及堂中悬挂的楹联,花园中的假山廊亭小阁、老树古藤名花……每一个名字皆有来历,每一幅楹联皆是心志,每一处设计皆寓深意。巧夺天工,赏心悦目之中,曲园老人的诗心雅意,才识品位,人生情怀,便尽在其中了。着意于俞平伯的少年饱读,却落笔于这个书香世家的各个时空、各类成员:五岁的俞平伯正式开卷读书,"书房里读,卧房里读,客厅里读。教的人也多,曲园老人教,父亲教,母亲教,姐姐也教,平时在园子里玩耍时,也要时不时教几句、学几句……""从他七岁那年冬天,(曲园老人)开始每晚教他写字,灯下桌前,展纸持笔,一勾一画,毫不含糊……每日一纸,持续不断。""母亲甚至还教他外文","在课余时间,还是教他背唐诗,对对子"……园中,处处皆可读,人人堪为师。这样生长的环境,这样相伴的家人,在这样的无所不在的书香的浸染中，俞平伯度过十年家塾生活，夯实了知识的基础，养成了勤学的习惯，为他顺利深造北大，结识学者名士，打开诗书人生的大格局蓄足了势，铺牢了底。

3

我以为，前三章《曲园文脉》《山塘光阴》《求学北大》的写作是小心的，是着力的，潜隐着谨慎的不着痕迹的谋划，细叙了曲园的书香氛围对俞平伯的文化浸染、山塘的自然风物对俞平伯性情的濡养，北大的良师益友对俞平伯思想和创作的重大影响……出生、成长、发展、成熟，有了这些精心而结实的铺垫，俞平伯的诗书人生自然而然，水到渠成，甚至对于俞平伯后来自我遗憾的新诗创作中的"贵族的习气"，也是有落处的。之后的章节，作者则渐渐轻松洒然拓开了笔，以赴欧游学、浙江一师、上海大学、燕京大学、北京大学、清华大学执教为主线，有重点地描写了俞平伯大半生的学术经历和文学活动，用抒情而简约的文字，记叙了俞平伯对人生的深刻感悟，对学问的执着追求，对友情爱情的赤诚深挚。或惆怅的故园寄隐情，或落寞的金陵寻灯影，或温暖的飞花忆童年，或兴至而往的陶然亭踏雪……篇篇章章，洋洋洒洒，多维度地多层次地呈现了俞平伯爱游历，爱唱曲，爱写文，爱作诗，爱美食，爱追梦写梦的唯美诗书人生，恣情展现了一个不戚戚于功名，不汲汲于富贵的红学才子的性情与才情……在文字里，在无觉中，亲近了一颗饱满深厚带着温度的美好灵魂。

全书触动人心的章节和细节，俯拾皆是。《苏州好，水调旧家乡》，俞平伯一年内匆匆三探故园，单是一首《不解与错误》，便足以让人对他的情感世界浮想联翩；诗集《冬夜》小序所传达出的俞平伯关于新诗创作的真实和自由的理念，让人品之又品，韵味无穷；《秦淮桨声寻灯影》更是读来泪下：年入甲子的俞平伯，于巡苏途中，忽念故旧，悄然消失，只影踽踽，独返故地重寻。遥想金陵巷内，玄武湖边，秦淮河畔，鸡鸣寺中……那人背影沧桑独自徘徊。先友早已远逝，空余桨声灯影承载旧时记忆，跫音响起处，一切宛在眼前吧。身为读者的我，游目至此，纵然隔了半个世纪的光阴终也难挡黯然神伤！对于购书藏书有癖的我，永恒的《忆》则是一个抵御不住的诱惑。从孙福熙切中题旨的内页设计、到俞平伯手书的小楷正文，到俞夫人风格独特的题词，到丰子恺拙朴纯美充满童趣的插画，到朱自清相知相解恰如其分的跋文……"这本装帧独特、形式精致的《忆》，诗、跋、序、图和整体装帧，相得益彰，诗情画意，读者在评读美诗的同时，可以品书法，赏绘画，会浮想联翩"。这本"出版史上的精品、奇葩"真真吊足了我的胃口！——迫切想要拥有这样的一本《忆》。恼人的是，作者笔锋一转就灭了你已燃得旺旺的贪婪：现在，想找到一本原版《忆》几乎不可能了。尽管如此，我仍是急急进入了京东商城，搜索下单订购了一本原书影印版，聊以抚慰内心的遗憾。

4

《孟子·万章下》有云："颂其诗，读其书，不知其人，可乎？是以论其世也。是尚友也。"是的。要穿越文字，拜谒甚至相知于一颗丰富而有温度的灵魂，我们就去吟他的诗，读他的书，返溯历史的河流，进入他所处的时代。再就是，去他的故乡，去他逗留过的每一个人生的驿站。写一位作家传记，更要去。即便那些故里、故居早已让后人多情地涂抹得失去了本真的模样，我仍然坚信，只要你降落在了他们曾经生活过的那片土地上，你一定会在刹那间清晰地感受到，一种神奇的心灵呼应，正顺着双足攀援而上……

我武断地以为，对此，陈武一定是认同的。因为书中所记之地，几乎遍布了陈武的足迹。他像一位寻访故旧的游子，带着渺远的"相思"，一只行囊，浪迹南北。他边行边看边思接百年，神游于所有关于那个人的环境、诗文、传说。而作为读者的我，始终是一位默默的随行者，追随着这位高大的北方汉子，时而朔风吹雪的燕京，时而烟雨仄巷的苏杭，无怨无悔地与之同进退，共悲欢。

在我的阅读感知中，写小说的陈武是"无情"的，退隐的。他总像一位影院里的放映师，只在背后的"那一间"冷静的将故事长卷般推开于你的眼前，任由你不可救药地陷进去，哭，笑，伤，痛，欲死欲生，他却袖手旁观，安然无恙……而写俞平伯的陈武是"深情"的，是时时在场的。书中有许多处心神的"旁逸斜出"，或是一种多情的揣想，或是一种深深的遗憾，或是一种感同身受的悲喜，个性而又率性，真诚动人。从那些片刻的出神里，我读到的同样是一颗丰盈的有温度的灵魂。从来相信，来自于心灵的文字，才可能打动心灵。也从来相信，身临其境，真情自生。不抬脚跨过曲园的门槛，何以体味一脚门里一脚门外的怅然流连？不走过一段九曲长廊，转顾之间，何以体味往复于心头的委婉回荡！在这本书中，陈武的表达也是抒情的，语言清新朴素而又不失流丽典雅。读着，沉醉而又惊疑：不知是祖籍苏州的他先天便内藏这样的文秀，还是人打江南过，吴地的风物刹那婉约了这位北方汉子的阳刚与豪迈。——循着文字，我悠然嗅见了独属于江南的小桥流水的幽雅闲致、珠箔飘灯的寥落失意……

5

严冬的灯下读陈武，读陈武引领我拜谒的一段闪烁着人性光辉的诗书人生，心情莫名地好了。这好，不是俗世的"喜"，那太欢快；也不是禅意的"悦"，那太清澈。或者应该如俞平伯笔下"那么淡，这么淡的倩笑"吧，不可说，不可拟，甚至不可想。那是一种无声无息的心灵的通透与和畅，淡然，默然，却真切，让人心自然地恬暖，低飞。从来喜欢，在冰雪覆盖的严冬，蚂蚁拖粮食一般累积起这样的文字，筑成温暖的堡垒，安全地躲进去，独自陶醉。

俞平伯说，醉不以涩味的酒，以微漾着，轻晕着的夜的风华。

在这个冬天，我也醉了，以这温暖的，散发着灵魂的温度的文字。

简淡的文字　恬淡的人生
　　——我读杨绛

1

　　我和谁都不争，
　　和谁争我都不屑；
　　我爱大自然，
　　其次就是艺术；
　　我双手烤着生命之火取暖；
　　火萎了，
　　我也准备走了。

——杨绛　译

　　这是英国诗人兰德的《我和谁都不争》。因为杨绛，其为诸多中国读者所熟知。
　　说来惭愧，我知道杨绛并不早。六年前初来新浪，在丁丽梅博客的侧栏里邂逅这首诗，一下子就印在心里了。当时，误以为是丁老师的诗作，百度了一下，方知出自英国诗人兰德之手，与此同时，读到了这首诗的不同译版。品赏相较，偏爱了杨绛的这一版。

　　杨绛是一位优秀的翻译家。20世纪50年代，中国进入一个政治运动层出不穷的时代，为避因言获罪之灾，杨绛暗下决心，再不作文，潜心翻译，谓之"借此遁身"。钱钟书则笑她是"借尸还魂"。今日再读"不争"，对钱先生的"还魂"之说竟大有共鸣。好的译文，翻译的技巧、对所译文字的良好语感均为重要因素。这首"不争"，窃以为更因其暗合了杨绛的心性，熔铸了她对生命与生活的个性审美与深沉情感，才被译得这般熨帖。它确是寄寓了杨绛的"魂"，以致几乎成了杨绛淡泊人生与高尚人格的最简确的写照。

　　那年，存藏了这首诗，认识杨绛也打此开始。

　　这个夏末秋初，陆续读了杨绛的《洗澡》《我们仨》《将饮茶》《干校六记》《我们的钱瑗》《走到人生边上》等一系列作品。深入杨绛简淡从容的文字，感知一位高知女性单纯而低调的生活方式，清醒而坚定的人生立场，以及恬静而淡泊的人生情怀。

2

　　杨绛的文字平白朴素，又异常简洁从容。国外的留学生活，干校的改造生活，文革风暴的缩影，对女儿、父亲和姑母的深情追忆，对那些"披着狼皮的羊"的真诚感念……点点滴滴，娓娓道来。她以简淡的文字，叙述着平凡的日子，看似不着气力，不事铺张，无数看似琐碎的细节描写，却如四月的春雨，于无觉中浸湿了我的眼睛，渗透了我的心灵。

　　她的文字总是那样洁净、沉定又从容，即便悲伤，也不会恸哭。20世纪60年代末，女婿得一在围剿"五一六"事件中被迫自杀，钱钟书、杨绛先后下放干校学习改造。钱瑗来车站送母亲远行，杨绛以淡然的笔触描写了母女分别的情景：

> 她不是一个脆弱的女孩子，我该可以放心撇下她。可是我看着她踽踽独行的背影，心上凄楚，忙闭上眼睛；闭了眼睛，越发能看到她在我们那残破凌乱的家里，独自收拾整理，忙又睁开眼。车窗外已不见她的背影。我又合上眼，让眼泪流进鼻子，流进肚里。火车慢慢开动，我离开了北京。

在睁了闭，闭了睁，睁了又闭，这样几个简单反复的动作里，真切地传达了一位母亲内心凄凉、不舍，和无以躲闪的揪心疼痛。

钱瑗去世了，"她鲜花般的笑容还在我眼前，她温软亲热的一声声'娘'还在我耳边，但是，就在光天化日之下，一晃眼她没有了。就在这一瞬间，我也完全省悟了"。

杨绛悲痛欲绝。但她的文字里没有呼天抢地，大放悲声，她用一种竭力的退缩和收敛，努力维持着冷静而饱含苦痛的叙述：

> 我的手撑在树上，我的头枕在手上，胸中的热泪直往上涌，直涌到喉头。我使劲咽住，但是我使的劲儿太大，满腔热泪把胸口挣裂了。只听得噼嗒一声，地下石片上掉落下一堆血肉模糊的东西。迎面的寒风，直往我胸口的窟窿里灌。我痛不可忍，忙蹲下把那血肉模糊的东西揉成一团往胸口里塞；幸亏血很多，把渣杂污物都洗干净了。我一手抓紧裂口，另一手压在上面护着，觉得恶心头晕，生怕倒在驿道上，踉踉跄跄，奔回客栈……

我在文字里倾听着一位年迈的母亲失去女儿内心碎裂的剧痛，倾听她无声的悲恸。落卷于案上，伏泣不止，几次欲放悲声。我第一次感到震撼——平白如斯的文字，竟可以产生这样巨大的表现力和感染力。

杨绛的文字大多是不动声色不示阴晴的平静叙述，在《丙午丁未年纪事》中，却见一段少有的"响晴"，杨绛称之为"精彩的表演"：

有人递来一面铜锣和一个槌子，命我打锣。我正火气冲天，没个发泄处；当下接过铜锣和槌子，下死命大敲几下，聊以泄怒。

后果可想而知，"这来可翻了天了"。杨绛被挂上湿滑污腻的木牌子，戴着高帽子，举着铜锣，喊着自检的口号，押至人稠处游街示众。她写道：

当时虽然没有人照相摄入镜头，我却能学孙悟空让"元神"跳在半空中，观看自己那副怪模样，背后跟着七长八短一队戴高帽子的"牛鬼蛇神"。那场闹剧实在是精彩极了，至今回忆，想象中还能见到那个滑稽的队伍，而我是那个队伍的首领！

我常常于枯坐中自问，对读书人最残酷的虐待是什么？以我心度之，当为辱没其尊严，使之斯文扫地。那分明是一个麻木疯狂的年代，是一个斯文和理性被愚昧打翻在地的年代，而在这些文字里，你读到的却不是遭受无情践踏而应该表现出的屈辱、愤懑和悲哀，却是一种"响晴"式的畅快和"首领"般的荣耀。别样的诙谐与讽刺里，任你无尽地去体味。行笔至此，莫名地，我想起一次画家陈丹青这样和记者谈"高兴"：你知道吗，愤怒也是一种高兴啊！

就这场"精彩的表演"，杨绛继续写道：

> 我心想，你们能逼我"游街"，却不能叫我屈服。我忍不住要模仿桑丘·潘沙的腔吻："我虽然'游街'出丑，我仍然是有体面的人。"

读到这里，不由想说说另一个人——中国最后的儒家梁漱溟，曾经因为主张"不批孔，只批林"而招致大规模的批判。持久的批判之后，主持人问其感受，梁平静作答："三军可夺帅也，匹夫不可夺志也。"石破天惊，举世哑然。杨绛纵然是一介柔弱的女子，却一样脊背英挺，不逊须眉，沉着秉持着一位真正的读书人的节操和匹夫不可夺志的气概，令人仰视。

读这样的文字，心体通透，何其快哉。

杨绛的有些文字，从容里呈现别样的清冽，彷如秋夜的月光荡涤过一般，恬淡，莹洁，清醒，甚至带着一种沉定的寒凉。

最爱她的《隐身衣》。这篇被杨绛自称为"废话"的文字，恰恰体现着杨绛对人生非凡的洞察力和深刻的思考力：

> 世态人情，比明月清风更饶有滋味，可作书读，可当戏看。书上描摹，戏里的扮演，即使栩栩如生，究竟只是文艺作品；人情世态，都是天真自然的流露，往往超出情理之外，新奇得令人震惊，令人骇怪，给人以更深刻的效益，更奇妙的娱乐。唯有身处卑微的人，最有机缘看到世

态人情的真相，而不是面对观众的表演。

游目其间，你仿佛可以看到一位柔弱而坚强的女子，面露笑意，偏安一隅，冷静地审视着这个纷繁的世界。她以一种特有的细腻和敏锐，洞烛世事人心之幽微。平和里，有一丝讥诮；恬淡里，暗藏着浓烈；收敛里，透射着一种低调的飞扬。有点逍遥，有点不屑，有点无所谓。这些文字，宛如一脉徜徉的江流，不动声色，悠然流走你心中的虚妄和尘埃，化纷繁为简单，化淤塞为空灵，给你一种沉定的立足感，明晰的方向感。读到那些简淡而有力的文字，不由人想起一个句子：观心知天下，不露也锋芒。这"不露也锋芒"，之于杨绛便是一种无形无声的静力与定力，是一种"静观兴衰具慧眼，看透美丑总无言"的智者的气度和胸怀。

悲伤或是欢喜，逆境或是顺境，在杨绛的笔下终究都沉淀为一种恬静与淡然。如夕照里朴素的芦花，如月光里静卧的村落。林清玄于《一探静中消息》中写道：

> 我觉得"禅画"之可贵处，也是与一般绘画的不同处，就是它在一幅画里也许没有任何惊人之笔，但是它讲究"触机"，与其他艺术比起来，是一支针与一个气球之比，那支针细小微不可辨，却能触中人的心灵之机……

读杨绛，便如读"禅画"。她用一双明眸慧目静观万事万物，用一颗悲悯善良的心默默感知着这个世界，默默疼惜着身边的每一个生命。在她平白朴素、简淡从容的文字里，总有一些句子不经意触中你的心灵之机，触疼了你心中的某一处柔软。

她这样描写一只被几条狗追猎的兔子：

只见它纵身一跃有六七尺高，掉下地就给狗咬住。在它纵身一跃的时候，我代它心胆俱碎。

冬日荒凉的旷野里，远远地，她看着一个被匆匆埋掉的年轻自杀者，她写道：

第二天，我告诉了默存，叫他留心别踩那新坟，因为里面没有棺材，泥下就是尸体。

……

3

想说的话实在太多，已是长篇累牍，但依然舍不得绕过杨绛笔下对于一些动物的描写。在运动迭起，乱象纷呈的嘈杂时代，为不招无端的祸患，杨绛一家离群索居，读书工作之余，也去逛逛公园。在《我们仨》中，杨绛写了一对逍遥的大象夫妇：

……有公母两头大象隔着半片墙分别由铁链拴住。公象只耐心地摇晃着身躯，摇晃着脑袋，站定原地运动，拴就拴，反正一步不挪。母象会用鼻子把拴住前脚的铁圈脱下，然后把长鼻子靠在围栏上，满脸得意地笑。饲养员发现它脱下铁圈，就再给套上。它并不反抗，但一会儿又脱下了，好像故意在逗饲养员呢。我们最佩服这两头大象。

语言轻松活泼，若无其事，悠然自得。人笑大象笨，大象笑人痴。细细体味，你会于不觉间莞尔：在这对憨实诚恕大智若愚的大象夫妇身上，你是否可以读到杨绛夫妇的影子？

在《我们仨》中她还写了熊猫和猴子："大熊猫显然最舒服，住的房子也最讲究，门前最拥挤。我们并不羡慕大熊猫。""猴子最快乐，可是我们对猴子兴趣不大。"

此外，在《走到人生边上》中，记写了一对眷恋亲子的深情的喜鹊父母；在《干校六记》中，记写了一只忠诚感恩、同类相惜的狗儿小趋……

陈丹青说，人只要是坐下写文章，即便写的是天上的月亮，地上的蒿草，其实都在"谈自己"。对此，我深度赞同。杨绛对于动物的描写无不在表达自己的心性与喜恶，对于人性善恶的抑扬，昭然于字里行间。

她对精明快乐的猴子不感兴趣，她说"断不定最聪明的是灵活的猴子还是笨重的大象"，却坚定地说"我们爱大象。"

她不羡慕熊猫的尊贵和显要，她对名利没有任何追求，不善交际，懒于应酬，也拒绝"示众"。她只想安安静静地读书写字，过平淡无扰的生活。在清华教书时，为了避开诸多无谓的会议，节约零散宝贵的时间，她拒绝接受一纸聘书，宁愿做一位卯上无名的"散工"。在这个人人都想显身露面、不甘受轻忽的尘世上，杨绛说，我爱读东坡"万人如海一身藏"之句，也企慕庄子所谓的"陆沉"。消失于众人之中，如水珠包盈于海水之内，如细小的野花隐藏在草丛里，不求"勿忘我"，不求"赛牡丹"，安闲舒适，得其所哉。

她甘愿隐没于低处。许多别人如获至宝的东西，在杨绛却一文不值。在杨绛看来，真正的聪明是"站定原地运动，拴就拴，反正一步不挪"。大智若愚，韬光养晦，不张不扬，本色做人。她说："我这也忍，那也忍，无非为了保持内心的自由，内心的平静。……我穿了'隐身衣'，别人看不见我，我却看得见别人，我甘心当个

'零',人家不把我当个东西,我正好可以把看不起我的人看个透。"

4

杨绛的人生半径很大。她随丈夫同到英国牛津、法国巴黎留过学;文字的汪洋里,她似一条深水游鱼,可以自由地跨越语种、民族与疆域,在抽象而浩渺的时空中,实现着精神的遨游与智慧的共享。

杨绛的世界又很小。小到只有他们仨——mom,pop 和园。他们仨,是兄妹仨。钱钟书像兄长,呵护着两个可人的小妹,一个安静、怕鬼,有点"笨";一个活泼、勇敢、鬼机灵。他们仨,是师徒仨。杨绛说,"钟书是我们的老师。我和阿瑗都是好学生,虽然近在咫尺,我们如有问题,问一声就能解决,可是我们绝不打扰他,我们都勤查字典,到无法自己解决才发问"。他们仨,是娘儿仨。钱瑗说:"我和爸爸最'哥们',我们是妈妈的两个顽童,爸爸还不配做我哥哥,只配做弟弟。"他们仨,又是同学仨。阒寂的夜晚,他们在同一片屋檐下读书行文做学问,各安一隅,互不干扰。工作学习之余,他们一起去"探险"(散步),一起去吃馆子,逛公园看动物……他们做游戏,互相赠诗;他们彼此分享对方大把的"石子"(日记)……他们互为父母,互为手足,彼此扶助,相依相守。不论风雨多大,天气多冷,他们仨偎在一起,就是一个可靠的家,天就很蓝,心就很暖,生命就充满了活着的乐趣。在杨绛娓娓而洁净的文字里,我读到了一个知识女性单纯而温馨的小世界。

杨绛的人生经历很丰富,经历过很多人世变故,天灾人祸,但她总能处乱不惊,安然度过。她用自己的风雨人生启示我们:

人生是双程的。青春年少时,我们想要的东西太多,满怀理想、抱负、追求,一路马不停蹄,是在向前奔。这是一条有形的路。

慢慢的，我们老了，在有形的路上，脚步渐渐变得迟缓，人生便也在不觉中迈入归程——无形的路——记忆的回溯。我们会有大把的光阴，在余晖落满大地的黄昏，坐在铺满桐叶的老街边，静静反刍岁月；我们会在寂寥残冬午夜梦回，独听夜雨敲清寒，静静追怀往事……在这些或温柔或冷寂的日子里，缓慢地理性地去审视曾经的过往。

和一位百岁老人相比，我依然还是一个年幼的孩子。何其幸运，在我尚且无知的时候，有这样一位智者及早地提醒我：为了回来时坦然从容一些，去的时候不妨走得慢一点，慎重点。

对杨绛的阅读，暂告一个段落了。但是对于杨绛的思考和理解，却似乎在掩卷的一刻才真正渐渐醉入。我一直坚信，一个读书人一生都会保有读书人最基本的操守和气节。而在现实生活中，我常常有深深的失落感和迷茫感。直到读了杨绛，我才恍然明白："读书的人"，不等于"读书人"。不是我的信仰出了问题，只是我对"读书人"误解太深。

现在，每每在现实或虚拟的世界里，遇见那些爱在精神的世界里修篱种菊的女子，总是忍不住说，读读杨绛吧。她会教我们如何读人、阅世、为"我"：

把自己放到最低。"一个人不想攀高就不怕下跌，也不用倾轧排挤，可以保其天真，成其自然，潜心一志完成自己能做的事"。守住人的底线，唯真理与良心之首是瞻，做你该做的人，做你想做的人，写你想写的字。九蒸九焙，九死而不悔。

在局限与可爱之间
——漫说《最好不相忘——张爱玲传》

1

冯友兰说,历史有二义,一是事情自身,可名为"历史",或"客观的历史";一是事情之纪述,可名为"写的历史",或"主观的历史"。历史家只能尽心写其信史,至其史之果信与否,则不能保证也。

对此,马克斯诺都认为:客观的真实之于写历史的人,正如康德所说的"物之自身"之于人的知识,写的历史永远不能与实际的历史相合。

更有人说,所谓历史,就是以讹传讹。初听这话时,我竟快意得有点儿幸灾乐祸。

可以断言,这个世界上没有一个人可以客观地复制或还原一段历史,尤其是那些渐渐漫漶于岁月烟雨的久远的年代,久远的事件,久远的人。即便是一个人写自传,也难免将过往的岁月镀上浪漫主义的"创造"。当我们开始回忆,便会于反观中无觉地融入了审美的理性和冷静，于是"过去"便在全方位的扫描和最充盈的体验中，变得无比饱满，深刻，甚至神圣。——哪怕是苦难和泪水。

抛开外在势力的左右，一切并非有意，而恰恰是一种不可抗拒的"无觉"，因为我们是人。是人，在对人事物体认的过程中便难以抑制主观因素的活跃和参与——所有的阅历、喜恶偏好、过往的阅读经验，都会汇作一股宏大的潜流，凝成一种综合的审美与写作动力，不动声色地为你的文字打上一个鲜明的印记——"我"。一个清醒的写史者，努力追求信度，但绝不徒劳标榜信度。因为他们知道，真诚文章是生命的产物，人的内蕴、气质均在字里行间流淌，不论你怎样抵赖和委曲，下笔立意之间，扫眼处，爱恨昭然若揭，字字皆是招供。

主观，是个性，也是局限，尤其对于写史。

当然，局限所在，也常常是可爱之所在，作品生命力之所在。

2

人物传记，本质上也是史。

读完梅寒的张爱玲传，我不能评价它的信度。谁也不能。因为张爱玲已然不在。

在中国，我们追怀一个时代，想念一位故人，最重要的甚至唯一的通道，便是翻书，从故纸堆里去触摸历史的余温，修复漫漶的容颜。而书中遗留下来的文字，已然不是"物之本身"，它是融合了撰写者的主观理解、选择和创造的一种再认识。我们翻开的已然是一个被演绎了的时代，被重新描摹了的故人。其间，信息量的次第衰减显然已不是最大的问题和遗憾。

大凡关注过张爱玲的读者基本都清楚，坊间各种张爱玲传记，有关张胡婚恋部分的内容几乎无不从胡兰成的《今生今世》中取材。

张爱玲与她生命中若干重要人物的缄口不语,成全了胡兰成的一面之词:《今生今世》几乎成了后人了解和研究张爱玲婚恋生活的文献孤本。尽管胡兰成是当事人,但此中信息的信度有多大?相信从张爱玲的只言片语里读者自有揣想和判断:"胡兰成书中讲我的部分缠夹得奇怪,他也不至于老到这样。不知从哪里来的 quote 我姑姑的话,幸而她看不到,不然要气死了。后来来过许多信,我要是回信,势必'出恶声'。"

想起台大哲学系教授傅佩荣在谈"个人的消解"时,曾做过一个形象的譬喻:"回忆的时候就像看照片一样,你们留在相簿里的照片都是带着微笑的,有谁会把生气的样子或被揍时的照片还放在身边?"——胡兰成的情感历程也是经过"回忆"过滤了的,经过自我"理想"完美了的,一切愉快的不愉快的都变成了愉快。

而张爱玲的品性决定了她对情感世界的至死沉默,因此关于她与浪子的一段传奇,也就只能一任后人"以讹传讹"了。当然,包括她生前身后所有的一切,也都只是她本身的一部分。

3

显然,无论从材料的来源,还是材料的处理,局限注定不可避免。然而同样的素材,却会因为选材的角度,体认的深度,审美的高度,表达的力度,因素的等等不一,而呈现出不同侧面的张爱玲。——每位作者所体认和表达的张爱玲,都是他所能够认识、想要认识的那个张爱玲。于此,见仁见智。于此,也最能见出作者的可爱之所在。

因此,既然主观的局限不可避免,我们就只管用心享受它的可爱好了——

一卷在手:《最好不相忘》,毋庸讳言,这实在一个极女性的标题。"最好"一词，便是一种深挚的主观意愿的抒发，寄寓着一位女子对一段情缘的深度惋惜与美好期许，同时流露出一种对抗事实的无力与无奈——愿望与现实往往相去甚远。

书中几乎处处直呼"爱玲"，言辞之间，都是毫不掩饰的爱、懂得和疼惜。一声"爱玲"，立场分明。这样的梅寒，读了，就爱了。

例子俯拾皆是，无意一一罗列。甚感此间一处，最为见心见性：

> 在《今生今世》中，胡兰成提到的与他有关系的女人一共八位，除了染病的全慧文和被张爱玲取代的歌女小白杨，其他六位在书中所占篇幅竟然相当。她允许他心里装着别人，却不允许他将自己与别人相提并论。
>
> 胡兰成温情款款，爱意绵绵，怀着一份向世人炫耀的得意与喜悦，以及对每一位女儿家的"懂得"与"怜惜"，轻摇宛媚之笔，描摹了他生命中的一群佳人——上至万人追捧的才女，下至柴米油盐的村妇，集美于《今生今世》。

梅寒凭借对张爱玲内在心灵深刻而细腻的体认，一语点中了张爱玲的情感世界里最不能碰触的伤：张爱玲是爱悦自己的，"她觉得最可爱的是她自己，有如一枝嫣红的杜鹃花，春之林野是为她而存在"。她也是孤高清傲、自信自负的，她深心里不屑于与胡兰成身边的任何女人相比。而胡兰成在《今生今世》中，一视同仁地将张爱玲摆列在了那些花花草草之间，并于笔触间流露张爱玲对他诸多的放纵和迁就，端然居上，显得张爱玲更像一位委曲求全的妾。这，于张爱玲，是平生最大的挫败，也是胡兰成给予她的最大羞辱。

有此心，方可鉴此意。我以为，此处，梅寒最是张爱玲的解人，同时也见出她极度的自尊，心性的清傲与刚烈。惺惺惜惺惺，心，才易这般痛至深处。张爱玲的凄凉萎谢，让很多人疑猜她一生都不曾忘记过胡兰成。我想，也许是吧。但世间的不忘记，有很多种，失望便是其一。——"她至死都以赖雅为自己的姓，以赖雅夫人自居"。张爱玲终究是无言的。梅寒只用这个简短的句子浓缩了张爱玲漫长的沉默岁月里的仅有的一点回应。我们却不难从这一点回应里訇然洞见张爱玲内心的荒凉、失望、倔强，和无以消解的伤痛。

罗曼罗兰说，从来就没有人读书，只有人在书中读自己、发现自己或检查自己。读书如此，写书何尝不是。从某种意义上，她，在写她，也是在写自己。

4

多一分对张爱玲的疼惜，便多一分对胡兰成的厌恶。梅寒的表达清澈纯真，爱恨分明。她对张爱玲的真心喜欢毫不掩饰，对胡兰成的深恶痛绝同样直陈不讳：

她送了传情的照片给他，为他低到了尘埃里，他却淡淡地说："我亦只是端然地接受，没有神魂颠倒。"多么可恶的"端然接受"！

"她倒愿意世上的女子都喜欢我。"这等没心肝不要脸的话，也就胡兰成说得出。

"我在忧患惊险之中，与范秀美结为夫妇，不是没有利用之意。要利用人，可见我不老实。"胡兰成当初吸引张爱玲的就有这份坦诚与率真，可如此真诚地说出这些话也掩盖不了他人品的低劣。

胡兰成后来的饶舌与爱玲的至死沉默，让两个人的人品与文品立见高下。

读着梅寒笔下的"可恶""不要脸""没心肝""饶舌"、人品"低劣"的胡兰成，遥想屏前敲字的她，眉目间满是意难平、多恼恨的模样，又禁不住轻轻笑了出来。

2010年，朋友赠我一卷《今生今世》。因为关乎张爱玲，曾经怀着怪怪的心情通阅过这部"风流史"。因为读梅寒，再度取之在手，随意翻阅《民国女子》一章，看到自己当年赫然杠下的一段文字：

她这送照相，好像吴季札赠剑，依我自己的例来推测，那徐君亦不过是爱悦，却未必有要的意思。张爱玲是知道我喜爱，你既喜爱，我就给了你，我把照相给你，我亦是欢喜的。而我亦端然接受，没有神魂颠倒。

惊愕于旁注的二字：我呸！——无意间的回访，昨天，总是年轻而激烈。题外一叹。

回想那时，边读着，也边堵着。这样一段记写，能说明什么？看，万人追捧的张爱玲，我胡兰成一样端然坐收了！在爱情的世界里，本没有高低输赢，可面对这段多年之后的任意曲直、得意卖弄，嚼了又嚼，囫囵了几番，硬是咽不下，更生几分暗嘲。这"没有神魂颠倒"读来颇似"此地无银三百两"的阿二式不打自招。

快意于梅寒对这个阅人无数的情场老手"一不留心"的自我粉饰，自诩的"端然接受"，和多少年后腆着脸的饶舌显摆所示的痛心疾首，她率性朗然的表达让人气顺，当时的愤然，于掩卷之间，亦多有平复。

5

去年读《远书》，偶遇作家沈胜衣这样评判读者对《今生今世》的反应："那些恨恨的非议浪子的人，他们应该心里清楚这种'恨恨非议'背后，隐藏着自己生命有着怎样的缺失和赘加！"这些年更有理性超拔之士一再主张"不可因人废文"。毫不讳言，每每触及这样的话题，我便立时气短。——对此，实在难以超脱，观念也着实"太历史"。我以为，一个人若是良知尚存，懂得自尊和尊他，即便是一个生命里没有任何"缺失和赘加"的人，读完胡兰成一生情史的自我演绎，对这等荡子也很难不"恨恨非议"吧。一想到自己硬要以智者的姿态，为了实现"客观公允"而辛苦地拿捏分寸、左右均衡，就觉得特别地假，特别地匪夷所思。

读胡兰成的《今生今世》，犹如面对浅秋丽日里一湖微微明灭的波光，时有灵性天成的句子不经意地亮你一下，确有一种自然而独特的轻松。读他的《论张爱玲》，也不得不承认，胡兰成的确算是张爱玲及其作品的解人了。更为叹服的是，对于女人的"懂得"，胡兰成是绝顶聪明的。他并不仅仅是张的解人，他是身边每一个女子的解人。胡兰成说："我不但对于故乡是荡子，对于岁月亦是荡子。"这话倒是坦诚，其实对于爱情他更是个不折不扣的荡子。胡兰成是没有根儿的，就那么漂着，心，自然也深不了。他这份随着流水看花开的洒然，注定了他在红粉世界里的如鱼得水，随遇而安。——他只负责"懂得"，不负责专情。

我不喜欢这等聪明人。所以读他的文字，于私人情感上总是怪怪的，虽几番调适，终究找不到一种心安理得的角度去欣赏他，如何都深觉是种错位和遗憾。

我想，世间女子，狭隘如我者，恐怕永远难以站在"客观"的立场，置好恶于不顾，理性地忽略一个男人的滥情，而单纯地欣赏他的文采吧，就像不能无视一个女子的不善，而独赞她的美貌。退一万步再想，为人存世，万事品性为先，忽略了本质的形式又有多少分量和意义。

故此，相对于那种近乎神的"客观公允"，我更喜欢梅寒式的清冽可爱，贴心贴意。

6

读完《最好不相忘》已是半年有余了，一直什么也没有说，但想起梅寒，心就近了，不仅因为她让我重新深刻全面地再识张爱玲，更是因为从解读张爱玲的别样的视角和方式里，我读出了自己一直执着钟爱着的那一种女子。

此前，阅读梅寒已经几年了。她是一位知性而不失率性的作家，当然，更多的时候我只视她为一位贴心的闺蜜。《最好不相忘》，是梅寒的味道，是她一贯的风格。风格，是个性，个性是文字的生命，是一个写作者最好的名片。当读者随意捧起一篇文字，沉醉之中情不自禁去翻题下的作者，惊呼一声"果然是她／他！"便是对写作者最大认可和褒扬了。

依稀记得，陈武老师也说过，你的文章可以有缺陷，但不能没个性。这话让我尤其安慰，也让我给自己勇敢快意地抒写找到一个充分的理据。

所以，当我们无法避免局限，何不就这样大大方方坦坦荡荡地可爱着。

渡过平静的忧思
——读《平静的忧思》

在我生命中这个最安宁、最理性的冬天,《平静的忧思》裹着千里风尘,也深藏着一份无言的情义,默然落在了我的案上。

我喜欢这书的名字,它及时地遇合了一种中年的心境。

夜很深。放松得近于慵懒。靠在松软的转椅里。灯光柔和地洒下来。

我与它静静对视。——浅咖啡的封面上,浮着两条白色的不规则细线,似幽幽心绪,袅袅升腾,又似咖啡的醇香,无声晕染。书的名字用大小不一的黑色幼圆体和谐地错落着,纵列于页面的右上角,安详宁静中泛着浅浅的冷意,散溢着些许清新,些许平静,些许忧郁……我想,设计者一定深得了题旨,或是心田先生的知音,否则又如何能准确细腻地传达出这样一份文心雅意。它不张扬,不惊艳,却以一种特有的内敛与冷静,霸道地控制了你的情绪,为你全身心的跌入,平静地撒开了一张硕大无形而又温软忧郁的网。

只在每一个梦想可以飞翔的子夜,扑去一身的疲惫,驱尽日里的喧嚣,我才会静静打开它,让心一点点涉入,徜徉,沉浸。

我读得很慢。每读完一篇,总不情愿很快地进入下一篇,因为我的心绪收不回来,我就想放任它安静地深陷在某一个场景里,某一个情境里,某一种情怀里,由着它天马行空,腾挪漫卷,由着它慢慢醒过神儿来,重回到我的怀中,然后继续向前徜徉。

这一夜,我终于以最为沉潜的方式最为闲适的心情,渡到了彼岸。轻轻转过身,回味万年河一样悠远绵长的文字,清晰而强烈的感觉是:这些文字尽如水洗过一般洁净!且又那样温暖质朴,从容流畅,清新传神!是时,它宛若流水,淙淙蜿蜒于我的心间。

乡村场景里,那一抹麦芒里的温柔

生在乡村,长在乡村,后来,在辗转的生活变幻的际遇中,也始终如一地偏爱着乡村长大的孩子。因为在我意识的深处,穷过、苦过、挣扎过、奋斗过、担当过的生命才有滋味,有厚度,够分量。乡村,永远是我生命最温暖的家园,最踏实的依归。介于此,翻开《平静的忧思》,天真的小女儿探出的戏水的小手,便那样自然而顺利地撩开了岁月的风尘,将我轻轻引上了水乡的渡船:"我知道,那是一种清凉惬意的触觉,随着片片浪花飞溅,那清凉惬意里更有了一种历险的快感。回头看那皓首白须的老船工,已换了竹篙,摇起了桨板,一起一伏的身姿,笑意盈盈的铜脸,在蓝天下、碧波上,还是那么清晰如昨、古朴如画。"……而冬天那些顽皮的小伙伴,抬着从池塘里拖出来的冰块儿,"那情形,就像小八路抬着缴获的战利品。抬着抬着,那冰慢慢在融化,结果就会訇然一声跌在地上。那一场美丽的破碎,竟也能使我们开心地叫出声来"。也正是随着那美丽而清脆的破碎,开心而喜悦的惊叫,让我的心尽情跌入一段迢遥的乡村岁月!在那里,有花生、荸荠、枣树、长满莲藕的池塘,有老家、乡邻、母校、同窗,有灵巧裁缝、露天影场、广袤无垠的赣东北的田野,有可爱的小女儿、慈柔的妈妈、勤俭一生的外婆,还有喷香的爆米花、悠悠流淌的万年河、浪漫而悲伤的山里爱情……许许多多充满灵性的事物与场景描写,那样真切、细致、传神,读来那样熟悉和亲切,诸多似曾相识的经历和感受纷纷入怀,风里、夜色里、灯光里,都是故乡的味道。

虽然作者一路奋力拼搏奔走,离开了爱情的伤心地——大黄中学,离开了生养他的那片热土——方家村,走出了万年,走入了都市,然而他的魂魄、他的深情仍丢在了千里之外的粪土、沟渠、村庄边。他以平朴自然的笔触,细致入微的描写,再现了那些久经光阴的荡涤却依然清晰如昨的画面。虽不触及一个爱字,字里行间却蕴蓄了对于故乡的深情眷恋和深沉忧思:大灾过后,"回首凝望我的家乡,烟波浩渺,房屋若隐若现,我的眼泪一下子就涌出来"。他回到满目疮痍的故乡,面对一派丰收的秋天田野,"刹那间我干渴得本已疼痛的心怀涌入一股狂野的激流,我的眼眶不由自主地一下子被打湿……这就是我们希望的田野,这就是我们渴望的秋天!"家乡流行结扎,闭塞落后的故乡中,妇女们的身体和尊严在无法避免地遭受"人祸"的摧折,心痛和牵挂令他无以释怀,"远方,寒冷的远方,萧索的远方——那是我痴爱着又深忧着的故乡啊!"每次经过万年河,"看万年河水或清浅或汹涌地流淌,心头就泛起和亲人相伴一路到天涯的温暖;而每次从外地风尘仆仆回到家乡,一眼瞥见静寂无波或舒缓吟唱的万年河,心头又觉得犹如出去觅食的小鸡累了倦了回到鸡窝的踏实和安宁。"……潜游于诸多这般深挚地眷恋和忧思,忽如一位天涯倦客,心,慨然陷落。沿着质朴深情的文字,沿着悠然流淌的万年河,一份乡思不顾一切,穿越风雨尘埃,抵达土墙老屋,扑入了母亲温暖的怀抱……

徜徉于乡村场景,轻而易举地打动我的心怀的,最是那些写给母亲和女儿的文字,闪烁着人性中柔和而迷人的光辉,触目之际,陡然唤起内心深处的温软。我没有读过心田老师的《无语的乡村》，但是我读过他所有关于女儿的文字，《女儿故事》《女儿故事（续）》《女儿趣事》《陪你走过十八年》《女儿的第一桶金》，从女儿的降生、蹒跚迈开生命中的稚嫩的步履，到她长高长大，迈进高等教育的学府，一颦一笑，一举一动，一点一滴，无不牵动一颗父亲慈柔的心，那些温馨明亮的细节和场景，无不暗藏一位父亲对女儿无言的关注、深深的爱与疼惜。我也在心田的文字里看着女儿一天天长大。女儿幼年时那些稚言稚语、娇憨可爱的举止，给我留下了很深的印象。"女儿毕竟还小，虽然她 14 周岁了，也已经来了那个了。但事实上，她的心态、举止还很天真，她的外表、容貌看起来还像个十来岁的孩子。"尤其这样的文字，触目之际，心忽地就软了，暖了。记忆瞬间跨越时空，恍然回到自己初长成时，手捧母亲送到手上的一碗红豆粥，低眉不语，小口小口咽下的是棉花糖一样的羞涩和甜蜜⋯⋯女儿她一定全然无察，她在父亲的爱和注视里无拘无束地长大！"我们返家后，她第一次主动发来信息说：'我想你们了！'虽是平常的几个字，但从闷葫芦似的她的心底罕见地跳出来，想必她是真的忍不住想父母了。因此，我们读着，想着，忍不住眼眶潮湿，于是回复说：'我们也想你！'"捧着书，读着这样的文字，泪也一下子涌出来。腼腆的女儿和深沉的父亲，不肯轻易表达的彼此，终于不能自已地送出了远隔千里的思念和牵挂！一位风里雨里撑世界的刚性男儿，回到母亲和孩子面前，便也轻松卸甲、坦露了内心的温柔和脆弱。这世间，什么样的画面能比一位强大的儿子背起年迈的母亲，一位魁伟的父亲弯腰绑紧弱子的鞋带更迷人！

　　想起了王芳序中的句子：他就是一株田野里的麦子，麦芒闪闪，但其光温柔动人！

　　大爱无痕，大美至朴。所有的文字都是那样干净清新，质朴无华，这是怎样的曼妙妖娆、华丽唯美都不可比拟的沉实与深挚。我深知，整本书中，任何一个片段都是不适宜这样摘出来品赏的，因为每一篇文字皆如行云流水，娓娓道来，浑然一体，每一个部分都不可或缺、不可分离，唯有将他们放置在整个语境和特定的场景里，才能读出它的机趣和旺盛的生命力。一切都在渐行渐远，一切都在逐日消失，美好的童真，伤怀的爱情，古朴的乡村，至爱的亲人，那座村庄也正在历史的风尘中一点一点沦陷，唯有那些生动的场景、一脉平静的忧思，将在文字里永久地鲜活。也许，许多年后，我们孩子的孩子读着这些乡村场景，会像今天我们读着周氏兄弟的忆旧文章，在心里一点一点构筑拼添鲁镇的风物全貌那样，而去追溯和描摹岁月深处赣东北的一座古老而深情的村庄。

爱情的路上，那一位孤独无羁的浪子

我深信，读《城市漫笔》，你避不开的定然是一份对真爱的执着追求；读《屐痕处处》，你绕不过的定然是徐悲鸿的纪念馆，鲁迅故居的丁香树，而令你满怀疼惜一路相伴的则是那一场自我放逐的塞北行。作为一位敏感的女性读者，当更是如此。因为这些尽情随性的抒写、踏遍青山绿水的步履，无不在向世人鲜明地传达着作者灵魂深处对爱情的热切渴慕和永不止息的追寻。

他的心是不安分的。他说，"日子安逸的时候，渴望动荡顿挫；生活艰难的时候，又希冀五谷丰登；我做什么都不会留步于满足，所以我的脚步常常在路上，我的心也常常停不下来"。他说，"我喜欢奔走，我渴望抵达。冥冥中我总是听到一个呼唤，呼唤我去流浪，去投奔，去淌汗，去喋血，去九死一生，去到某种意义的尽头"。他渴慕、追寻美好的真爱。他说，"人世间的爱情，绝不是稀松平常物，其犹如高山灵芝、深海明珠，可疗救前世受伤的心灵，可照亮今生灰暗的心空。接近与拥有它，标志着一个生命的高贵和圆满"。他说，"一世情缘，只和爱有关，和婚姻关系不大。婚姻如房子，时间久了就会发霉，所以需要不断维修，维修不了就换个新房。"他说，"一些人离婚是为了个人身心的解放、精神的自由或者一世难求的真爱，这样的分手值得抛却一切去促成。"他甚至说，"我要冷静自己的性灵，去觅寻情感森林里的爱之响箭，即使终生无求，也无悔信仰。"即便是那些踏遍青山绿水的脚步，也会始终沿着灵魂深处那一脉爱情的暗线：站在鲁迅故居的丁香树下，他敬重、心疼大先生无爱不性、恪守独身的20年孤冷，赞慕他对许广平的热情如火；流连于徐悲鸿纪念馆，面对为了追求孙多慈和廖静文，两次登报澄清与蒋碧微的关系的徐悲鸿，他认为，他心里只有爱情，为见心爱的人，甚至不惜在除夕之夜狂奔四十里的痴情，世人可与匹敌的实在不多。面对这样鲜明而果决的传达，我不能不想起一个人——随性而为、不拘绳墨的徐志摩，想起他对世人大胆的宣示："我之甘冒世之不韪，乃求良心之安顿，人格之独立。在茫茫人海中，访我灵魂之伴侣，得之我幸，不得我命，如此而已！"

　　我理解这样一份渴慕，尊重这样一份执着，感动于这样一份率真，但我举起的双手终究未能击出清脆的掌声，我不能给予他这样一份怂恿。立于第三个世界里，我清醒地看到现实与理想之间跋涉不尽的千山万水、泥泞沼泽；同时，作为一位女子，为志摩式大胆执着的追求击掌喝彩之后，转过身来，我不知道该以怎样姿态和表情去面对幼仪式永生无悔的忠实守候，以怎样的文字和心情去实现对另一种苦难灵魂的悲情救赎；我也不由得仰望头上的一方天空，暗自感喟：世间情若如此，今生，谁又能为我筑一座永远的风雨茅庐！

　　在我看来，他不够成熟，随性而倔强；他不懂得掩饰，带着棱角和锋芒。然在现实世界里，惟其"不完美"，才存得了一份真气和深情，才显得尤为可爱。现实与理想的距离，注定了他的孤独和忧郁。他像个倔强的孩子一样奋力抗争，孜孜以求理想的出口，生活却如岿然不动的大山，势不可挡的江流，使得他疲惫的心深深陷入困境。无可排遣之际，他毅然匿迹于那座熟稔的城市，不辞而别，孤身踏上了塞北之旅，开始了一场漫漫的身心的放逐与漂流。哪里偏远去哪里，哪里荒凉去哪里，去寻求一种淋漓酣畅的痛苦的磨砺与苦闷的释放。在网络的世界里初读心田，这一组云游日记便将我绊住，此番于纸媒中再度相逢，已是一种深深的陷入。大段大段的细致入微的景物描写里，浸透了内心的落寞与荒凉，若无其事的行走之下，压抑着汹涌的泪水和悲伤。感叹沈从文雪天沉水的五千里漂流，有怀揣的三三为之驱尽长途的孤寒，而这一场漫漫的塞北放逐，又有谁会在忧郁的彼岸递过一只纤纤的手，捧住一份无言的钝痛！那些沉潜的思索，低飞的心绪，致密的情感，词淡意深的表达，令心疼惜。

向晴说，用心田朋友的名字可以排成一幅中国地图，我信。可是读着这样的文字，不禁想问：茫茫人海里，谁听见了他淹没于松涛的哭泣？谁了然了他心中的旷世之约？谁感应了他内心无依的寂静？谁识得跃动于他心头的那个牵挂不已的影子？……我知道，笙歌歇处，宾朋散尽，积酒渐消，思维在月光的薄凉中渐渐苏醒，他依然会无可选择地继续踏上灵魂的孤独之旅。

"总以为你是我的终点，结果你是我的驿站。也许我的前方还有驿站，也许永远没有驿站……"光阴中，兜兜转转，内心澎湃的激情已然化作了平静的忧思，他依然执着前行。真爱的路上，他永远是一位孤独无羁的浪子，一直向着远方，追寻。

与牡丹的相逢
——品赵统斌的《曹州牡丹图咏》

在诗词中与牡丹相逢,确是始料不及。

说实在的,此前我是不爱牡丹的。仅因为印象中她的雍容华贵及绽放时的轰轰烈烈。那时我总觉得,强烈高昂的东西是极易让人疲惫的。我更喜欢平淡和安宁,如同兰那样的细碎和寂寞,如同含羞草那样的深夜展颜。

同样,我对诗歌也是疏远的。一直是个空怀诗心孑然于红尘中追求诗意生活的女子,却因并无诗才而无法成诗、懂诗。

然而,人生终有一种不期而遇,让人由漫不经心渐渐沉入一种静默的相知和愉悦。

四月,于新浪博客初逢《曹州牡丹图咏》,并没有太多的热情,只是一首接着一首,信手点开,无语漫漫浏览。直至清新的花朵逐日粲然开满页面,那一刻,流连其间品诗赏花的我,竟已是沉醉无觉!

低眉细赏,则令人心醉无语:清丽薄愁的丁香紫,"素手抚篱蔓,薄寒透玉襟";娇憨可掬的酒醉杨妃,"玉面红霞染,轻纱玉臂垂";繁若星潮的粉中冠,"风飞瓣自舞,雨过蕊含娇";矜持恬静的《俊艳红》,"叶嫩喜娇雨,花羞怯响晴";端庄优雅的"丛中笑",

"轻舞绿罗带，娇嗔胜有言"……轻云漫卷，含蓄内敛。然而，娇柔与恬静仍旧难掩天生丽质："沐完惊野雉，掩面无言羞"，"人面桃花妒，凤仪燕雀惊"，"一朵夸奇秀，众艳自寥落"……

至此我确信，有一种美，无心炫耀，却光彩夺目惊世骇俗；有一种美，不事张扬，却声名远播深入人心。

放眼处，朵朵清新粲然，朵朵超凡脱俗，千姿百态，千娇百媚。那哪里是牡丹，分明是一幅古典佳人长卷，恣意铺展于眼前。清风流霞里，细雨飘绵中，风神各异，婉约多姿，美目盼兮，尽得风流。直叹读得尽诗文，又怎品得尽个中深蕴的风情百代的绰约风姿！

尤有《昆山夜光》者，"幽幽山色静，款款玉人来。素帛绕纤臂，夜光映雪腮。花非花自语，人戏人常乖。郁郁香盈袖，莹莹月一怀。"……山色幽静，佳人袅袅。肤如冰雪，态若处子。清香盈袖，月色满怀，衣袂飘飘款款而来。冰清玉洁、熠熠生辉。似真亦似幻，似虚亦似实，沉静幽雅之中传达着一种淡定与从容，境界空灵而又丰实。此情此境，读者怎忍不悄然隐入花丛树影，和夜一起屏住呼吸，同醉于这人间瑶台！

更有"银红巧对"者，"霜侵银菊笑，露润蔷薇羞。相对一樽酒，共销万古愁。"真是阳刚与阴柔的绝配，更是豪放与婉约的交辉。如此"巧对"，美得令人欢欣而又悲伤。是莫逆？是知己？是至爱？生逢知己，琴遇知音，把盏共话，抒真情尽逸兴，卸却胸中块垒……这"巧对"让我想起了高山流水，想起了文君与相如……让我的内心涌出太多抓得住和抓不住的念头、可名状和莫可名的意象……临屏雕像般出神，沉醉的目光分明于这"巧对"的情境里触摸到一种悠然心会的默契与愉悦，精神的对等与和谐，灵魂的相知与互暖……对诗沉吟，内心温暖、愉悦而旷达，油然萌生"愿得一人心，白首不相离"的美好情感祈求，也禁不住引发"人生得一知己足矣，斯世当同怀视之"的深情感慨。

外在的美丽固然可爱，然而视觉的满足往往是浅表的，转瞬即逝的。而曹州的牡丹并不仅仅是美丽的——"恃色不轻许，生来重节行"，"性倔常历苦，冰雪见丰饶"，"性洁心若玉，羽化俱称仙"……诗人时以类似这样的诗行赋牡丹以清奇的骨骼，坚忍的意志，高贵纯洁的灵魂，以其内蕴的魅力焕发一种深层而永恒的美，赢得读者的长久的敬慕与倾心。

也曾于早春二月的清寒里，夜读张抗抗的《牡丹的拒绝》，初识洛阳的牡丹：花开时排山倒海惊天动地，花谢时惊心动魄义无反顾。她尊重生命，追求完美，独立矜持，高贵冷艳。她不苟且，不妥协，不会屈服于权威而出卖原则和自尊。是非了然，爱恨分明。锋芒、清傲而壮丽的美，令我折服。及至于新浪再逢曹州的牡丹，心，一点一点柔和，一点一点从冷厉中释放出来。人到中年，光阴的洗礼之后，我似乎更偏爱于曹州的牡丹。她多了和融与安详，她更淡定与冷静，更善于在无语的"妥协"中坚守自我。诗人以淡彩山水的笔意，随心点染，着墨成情，与宽和中见严谨，与平静中见力度。简洁凝练的诗行深蕴世事的历练、岁月的沧桑和对生命生活的深沉感悟。诗人笔下的牡丹，虽无梅的铁干虬枝，无菊的凌寒傲霜，看似宁和温婉不着气魄，静心细味，方暗暗叹其深藏坚执、风骨峥嵘！铜陵才女"兰心慧草儿"有语："字字冷凝沧桑，声声器宇轩昂，朵朵花中须眉，涓涓磅礴诗行。"深得我心共鸣。

与其说相逢的是牡丹，不如说相逢的是一种深邃悠远的诗词风格，一种内敛蕴藉的审美倾向，一种寄语牡丹的人生情怀。

红尘中，繁华与寂寞孪生，喧嚣与孤独共存。我一直固执地认定，游人如织的园中，牡丹是寂寞的；唐宋之后，诗词是寂寞的；在唐诗、宋词早已逝作流水浩浩奔腾而去的今天，执着于旧体诗词创作的诗人，也是寂寞的。然而当我品读完四十五首《曹州牡丹图咏》之后，当我无意欣赏到《水浒全传图咏》的书评《神游心畅精彩纷呈》之后，当我暇时一再翻阅《伯乐书画院书画集》之后，我知道，我错了。——在曹州，能够懂得牡丹的岂止"三五子"，能够围炉而坐煮酒论诗的又岂止"三五子"！只恐是千杯嫌少，却又无酒自醉！

夜很深很深了，蛐蛐儿在我的窗下不时清唱。总喜欢这样，将我所喜爱的文字，在寂静的夜里，深情款款的，一读再读。

牡丹不寂寞。

诗词不寂寞。

诗人，也不寂寞。

（此刻，经历了"长线"的阅读与忘情的自我倾诉之后，万分羞愧的是，我仍旧遥遥立于诗词的门槛之外。聊以王夫之之语自慰："作者用一致之思，读者各以其情而自得。"人情之游也无涯，信手随心之文权当无羁无涯之醉语，一笑了之。）

附 录

简单生活,梅香馥郁
——梅子印象

山东 李宁

两日的时光,读了梅子6年的岁月,我是女子竟也如此迷恋她的浅笑。

——写在文前

内心烦乱之时,随意翻到"梅子浅笑"的博客,被她的"老男人,我愿意为你数钱"吸引,进而一再深陷。决定从她开博的第一篇博文读起。

在文字里,我看到一个悠然的女子静好地坐在自己的星空下,流泪,调皮,温润,简单地叙说自己的日子。

本想留下只言片语,却找不到落字的地方。不知何时起,梅子已将所有文字设为"禁止转载,禁止评论",有些决绝于世的感觉。但,梅子真的不是。深读她,会懂得,她只是喜欢静,喜欢不被轻浮无力的赞美——你真有才,这样的句子叨扰,又恐回复不诚,负了读者。

住在浮杂的世界，确如住在自己的世外桃源，梅子的内心，做到了。

读梅子的第一个半日，晚睡前，自问，为什么如此痴迷梅子的文字？这个答案找了许久。穿越梅子的文字寻找自己未来的影子，得到这个答案竟有些感动。哪个女子不想如梅子这般简单生活，简单爱？简单，才恒温。

某个时刻感觉梅子像黛玉，但她比黛玉的调皮要阳光鲜亮。后读的文章感觉她比黛玉的柔弱有韧性，就不再作比。人，只能与己纵向作比。

相对来说，我喜欢2008年前的梅子，从文字里能得到坦然的自在，无需看别人，只需看内在的自己。散文中有种散淡的悠闲和绝美的意境，让人留恋，回味。许是做教研员，比后期作教师的时间充裕，有更多的时间去照见内心之故。

那段时间的文字告诉我，对硕士的毕业论文不要惧怕，就那么突然地展开了内心的皱褶。现在又解释不清是一种什么情愫让我获得这种坦然。只隐约地感觉，或许是梅子文中张幼仪的那句"过山，过水，走就是了"的从容安抚。再回头看年前对考试内容与中期检查的担忧，真的有"过山，过水，走就是了"的感觉。

近几年的梅子，渐从浪漫的诗意走向理性的诗意（洞见世事之本质），虽脚步有些紧，但她与内心的行走，距离更近了。

若用光芒比喻她的散文，三十几岁的梅子是被文字的光彩照耀，不惑之年的梅子是内心的光彩向外散射，那种理性之美是遮不住的。不禁感叹，谁说四十岁的女人不美？从容淡定才是恒久之美。读她的文字，你会觉得自省与敞开是那么自然，似花苞绽开般轻缓。

生者为过客，逝者为归人。人生短暂，悦纳自己。做一棵有根的树，做一个周正明朗的人。守住心灵的温度——恒定，自我，踏

实,快乐。得之坦然,失之淡然,争其必然,顺其自然。固守过去的自己,也是对未来的期许。(梅子语)

若说陈晓旭为黛玉而来,那梅子,是为散文而生。

梅子熟了,镀金不落。

与自己讲和
——读梅子

广西　梅寒

累了，心躁了，会点开一方静谧的园子，静静地坐在那里呆一会儿。园子里很静，淡蓝的页眉上有轻烟一样的云，logo是一本打开的书，一杯热气袅袅的茶，缓慢得让人懒意丛生的音乐，清水一样洗着人的心。

主人不在，只把那方园子的门轻轻打开着，你来，或者去，全由了你的心绪。

浅笑慰流年。园子的名字。几年前，偶然在网海中闯入那片园子时，园子门楣上那几个字让我一见倾心，点开其中博文，一篇篇读下来，竟是爱不释手。从此跟那园子的主人成了一位隔空神交的朋友。

彼此的交流并不多，所有的心事都写在各自的文字里。很多时候，会不约而同说出很多对方想说还未来得及说或者想说而无法妥贴地说出的一些话，就在一种莫名的惊喜交集中，又向对方靠近一些。我们彼此欣赏，也彼此温暖鼓励，有时候，也会对对方的生活生一种莫名的羡意。

那种羡慕，在我来说，也许更为强烈一些。我不知道是什么样的力量，让她在这个如此喧嚣的红尘中走得如此从容淡定。她的文字很美，又有着极深的底蕴，却从不接受任何杂志的约稿。她只随心所欲，把那些从心间流淌的文字在键盘上敲击下来，然后将它们栽到自己的园子里。她欢迎熟悉或者不熟悉的朋友前去欣赏，却从来不要前去赏花的人留下任何脚印。所有赞美的通道，都被她轻轻关闭。

侧栏里，一株寂寞的梅树，树下有荷锄而立的女子，女子长裙飘飘，亭亭玉立，却只给人一个单薄美丽的背影。想来，那样一幅简洁明了的简笔仕女图，也是她精心挑选才放上去的。每次看到独立花下的女子背影，我总是不由自主想起园子主人的那张脸来，素颜，略含忧郁的眼神，清亮无比……那应该就是她，被很多人称为现代林妹妹的清冽女子。我亦知道，她的生活无忧，有一份不错的事业，一个很温暖幸福的家庭。她不需要为五斗米折腰，如我这般，为生活，有时不得不敲击一些自己并不甚喜欢的文字。

能如此安闲美丽地做自己喜欢的事，该是怎样幸福的一位女子？

我没有想到，在我眼中一直安静得近乎不食人间烟火的她，某天也会在我的园子里留下一长串的纸条儿。她说，多羡慕你的日子，满满的温暖，满满的烟火气，我做不到这一点，我的心太静了，太静就容易流于冷淡……

坐在电脑前，对着那一长串的留言，我忽然想起园中花树下那个"孤高清绝态，临风葬落花"的林妹妹。孤独是属于清高又清醒的灵魂的。她把自己站成槛外那树遗世独立的月下白梅，洁白的花瓣里却仍然包裹着一颗热烈的尘心。被冰雪包裹的热烈，那该是一份怎样的清寂？

这个从冰雪世界走来的美丽女子，忽然让我无比地心疼。轻轻顺着来路，跟她一路到她的园子，一篇新贴的博文《把自己摆平》赫然入目。

"一点一点，靠近自己，也一点一点，与自己诀别。就这样，在流年里延续着一场与自己的旷日持久的温情战争，在坚持和妥协的交替中，不断地，一次又一次地把自己摆平，从而实现了思想的攀爬和境界的提升。这，便是所谓成长吧"。那一个冬天，她都在与自己做着这样拉锯似的斗争，终究释然，"把自己摆平"，她接受了那个不完美的自己，与现实里的自己和平共处。

呆坐电脑前，良久。返回，轻轻点开另一段文字：

"曾经浮躁不堪的心，在现实的磨砺下，终也慢慢变得平静，冷静。试着与自己和解。不急功近利，不妄自菲薄，不哗众取宠，不随意跟风，也便是这个冬季的收获了"。两颗心，再次以文字的方式，不期而遇。

那一个冬天，那个她眼中温暖、满溢着烟火幸福的女人也在为陷入僵局的写作而纠结万分，怀疑里夹杂些许希望，灰心里还有几多不甘，前进还是停步不前，似一团阴云日日徘徊于我的门前。最终，我亦如她一样，跟自己进行了一场深深的心灵对话，跟自己握手言和。日子打了一个漩，继续平稳前行。

那一切，都站在各自日子的另一面。如果不是彼此走近，彼此有了那样的倾心交流，我们谁也不会看到彼此的风景背后各自流下的泪水。在外人的眼里，我们都是优雅知性、淡定从容会生活的女子。

这世间，每个人都是别人眼里的风景，或者灰暗，或者亮丽，却是自己永恒的对手，也是自己永恒的朋友。我们固执地与自己的不完美较劲，又以自己的智慧、悟性、人生阅历来引导自己与自己讲和，最终知道自己该坚持什么，又该舍弃什么。这便是成长。我们看到的优雅、知性、从容、淡定，多是风雨之后的彩虹，也许那场风雨不曾被人看见，那它一定是在当事人的心里头。它曾经来过。

岁月里，那些人那些事（节录）

江苏　杜廷云

那一年，梅子刚从东海来到我们学校。她原是小学语文教研员，而我是一名小学英语教师。尽管如此，我还是久仰其名，心中期盼能早点见到真人版的梅子。记得那天，学校因为有外省客人来，所以要开集中会议。我站在玻璃门前等待，独独然正不知所趋。恍惚间，只听旁边有同事低语：瞧，那个就是梅子！我立刻像听到圣旨一般，闻音索寻。无奈眼睛近视的我，怎么也看不清楚。于是，不顾一切上前一步，咣当！头结结实实地撞在了玻璃门上。心想：这下惨了，马上有外省客人来，这不是给学校脸上抹黑么？谢天谢地，幸好玻璃没碎！再寻梅影，已是芳踪难觅了。

还记得那一晚，我和一位家长聊天，不知不觉已经夜幕降临，满天星光。正走在空寂的校园里，忽然有人叫我：你就是云之舞吧？我抬头一看：清清洌洌的月光下，一位姐姐正笑吟吟地看着我。我心里惊呼，哎呀，这不就是那天寻而不见，还"害"得我头上撞个大包的梅子吗？虽是第一次相见，面孔有点陌生，但从心底里透出的熟悉感觉是那么温馨。正如一位狂热的粉丝见到了心中偶像，而且偶像还亲切地叫着自己，在这样一个清冷冬天的夜晚，这无疑是人世间最最令人回味的事情了。我好奇，调皮地问她："您怎么知道是我？"说实话，我们学校虽然面积不是很大，教师人数却不少。又因为我教六年级英语，她教一年级语文，虽然在同一所学校，平时也难得一见。而我也始终相信，缘分来到，见面也会顺其自然。这也是我为什么不主动去寻找梅子的原因吧。"嘿嘿，俺当然知道喽，你的博客签名很有个性呀！"调皮如她，也是这样调皮地回答我的问题。那段时间我们学校很多老师在梅子的带领下，经营着自己的校园博客，只为那一片能让老师们得以休养生息的圣土！当我把那次用脑袋"挑战玻璃门事件"告诉梅子，她不无调皮地说："啊哈，看来我的魅力不小呢。"但我却分明见她眼里已经闪烁着感动的泪水，她就是那么一位至情至性的女子啊！

那次，我改作业心烦，随手翻开一本刚到的《教师博览》。翻着翻着，觉得这些文字好熟悉，熟悉的味道，熟悉的真情，莫不是梅子写的？一看名字果然是她，呵呵。于是我短信发给她：闻到《教师博览》上熟悉的味道，果然出自你的手。她回：哈哈，与云儿共勉！这时候的她早就已经离开我们学校，去了市教育科学研究所。我知道那是更适合她的地方，可是我却那般不舍。这些情绪我从来没有流露给任何人，在这个物欲横流的年代，我不敢轻易表露自己的感情。事实上，这两年我很少和她联系，也没有相约喝茶聊天，只是静静地思念着我心中的一位老友，让这份友谊纯洁得如同布达拉宫天上的云。偶尔的问候，也是一种心照不宣的默契。

我知道这世上有这么个纯真如人之初的女子，她的世界里充满着温馨与美好，我认识她，她也记得我，那就足够了。

美丽的相遇

江苏　杭俊杰

这两天思绪很乱，整理不出自己的心情。面对屏幕发呆，叹息之后只能作罢。

今天一大早起来，天阴沉沉的，像是要下雨。去中学食堂吃早饭的路上，无意中发现路边那一丛丛荠菜开花了。这些怒放的小花在风中轻轻摇曳，虽不娇艳，却不乏美丽，一如我今天的心情。抬头望天，几丝春雨迎了上来，呵，来东海这么久了，第一次看见下雨，好惬意……咦，前方那一抹绿色是什么？淡淡的、朦朦胧胧，我除了在这一马平川的原野里看到绿绿的麦地外，看到最多的就是一棵棵光秃秃的白杨树，难道春风春雨终于把这块土地唤醒了？这些带着惊喜扑面而来的是我魂牵梦萦的垂柳？学校池塘边那几株柳树早就应该萌发了吧？想象着那几株杨柳在校园里恣意飘摇的情景，心中不由抹上一层柔情。

雨淅淅沥沥，越下越大，把她的爱温柔地洒向大地。我仿佛听到了大地吮吸甘露的快乐的声音，不，那是发自我心底的声音。

今天是个特别的日子。我的幸运数字是 2 和 3。我的生日，我的学号，就连家里的门牌号码都是由这两个数字组成的。而今天是 3 月 23 日，哈，难怪我的心里那么轻松，我的老天！

坐上汽车，和学校牛主任、印老师、魏教师、乔老师一行前往桃林中心小学听课，今天这个片的语文赛课在那举行，我可不能错过这个学习的好机会。

车子很快就停在了的校园里。学校很大，也很干净。看得出学校离镇较远，校门外是一些低矮的平房，看不出桃林镇的繁华所在。热情的陈主任把我引到校长室，介绍给学校唐校长。唐校长说："你们这批支教东海的教干，各个学校反应都相当不错哦。"看着唐校长真诚的目光，仿佛看到了我们学校领导期待的眼神，内心掠过一丝局促和不安。

不一会，县教研室的几位专家领导也到了。我找了个座位坐了下来，等待听课。唐校长和教研室王主任热情邀我上评委席就座，忐忑中坐在一位美女专家身边，她就是牛主任和我说过的分管小教语文的马老师吧。认真地听着课，一边品味着教师和学生课堂中流淌的生命对话，一边在听课笔记上奋笔疾书，写下自己的灵感和收获。瞥了一眼身边的马老师，精致的黑色笔记本上用红笔工整地划了两道线，工整的字迹让人肃然起敬。看着自己潦草的字迹，皱巴巴的本子，"这也许就是男人和女人的区别吧，这是一个精致的女人"。我暗暗这样想。第二节课还没上完，马老师转过头，询问我对课的看法，我就把自己写的东西指给她看，坦率地谈了自己的一点设想，马老师的眼睛亮起来，对我一番称赞之后，转过头去沉思起来。感觉自己心跳有点加速，这可是专家啊，下周他们教研室要去听我的课啊，我不应该这么张扬吧，太不谦虚了，课上不好怎么办，面子多过不去呀。过了一会，马老师递过来两张纸，第一张上写着自己的姓名、工作单位，和联系电话，下面有行极其工整的小字："以后有教学上的问题多向你请教。"果然是教研室的马老师。我一下子感觉脸有点发烫，怎么敢，惶恐中，在第二张空白纸上写上自己的，双手呈上。就像刚刚犯错的小男孩，有一个字母竟然写错了，改也没改清楚。

和马老师的交谈是愉快的，一下子有了找到知己的感觉。

吃过午饭，回到陈主任办公室，发现马老师正一边打开我的博客，一边和另外一位女教师闲谈读博的体会。无意中，看到了她们的博客，立刻，我呆住了。我好后悔，不应该把自己的博客给她。这是个非常丰厚的女子，淡淡的文字中掩饰不住逼人的才气。我的文章，唉，那也算是文章吗？好糗哦！

"那个从容的女子，浅浅地笑着，用清澈的眼神，坦然地看着这个世界，轻轻地舒展着如云的水袖，精灵般悄悄地旋舞"。"今日有幸，得见她的文字，只觉得，女子的美已不单在容貌，而在神韵和内心，一个内心丰腴的女子，有玲珑的心意，淡定而从容的心境，已然让你禁住了呼吸——"一位博友用这样的文字来形容她。听着她们对爱情对生活的感悟，我才第一次发现，原来生活可以如此美丽。这种情调和追求以前不只是存在我的梦中吗？而我今天却实实在在地感受着。她们的心中有着生活的天堂，她们在追逐梦想的同时享受着生活赐予的伤痛和快乐。我的心震颤起来，一边汗颜自己的渺小和粗鄙，一边向往着自己远离浅薄的那一天。

雨，不知道什么时候停了，而漫长的夜晚才刚刚开始。我轻轻点击鼠标，打开网址，打开马老师心灵的窗户，品味着她内心的美丽，汹涌着自己的敬畏。

突然之间喜欢上了读博的生活。嗯，独处让我学会了心灵的飞扬，我喜欢。

偶遇梅子

江苏　张兴龙

我每天都上网，但从来不跟帖，因为我一直有一种偏见，就是跟帖和网聊都是少男少女们喜欢做的不食人间烟火之事。但是，一个偶然的机会，看到梅子的文字，结束了我十五年来不读纯文学的惯例，而且，破天荒地跟了帖。并且，每天上网的第一件事情就是看梅子的童话故事，然后随便涂鸦几句。而最让我感动的并不是梅子的文笔之凄美绮丽，而是梅子的那份热爱生活的纯真质朴，以及如同梅子平时说话声音一样温柔的谦逊。

梅子从事的实践教育让我真的敬佩和惶恐。我不敢想象整天被一群啥也不知道的孩子纠缠着讲解一加一等于二，以及日月口天山怎么写的生活是多么的灾难。这是让我成为梅子粉丝的另一个重要原因。毕竟自己在这方面要向梅子好好地学习，而梅子完全是一个性情中人，生活在繁琐中，内心保持的纯洁和质朴。这对于今天过于浮躁的社会来说，是多么的可贵。我一直信奉丹麦哲学家克尔恺郭尔曾经说过的经典名言：人生一般有三个维度，审美的，伦理的和宗教的。中国民族的人性培养完全是伦理的，这也是今天的学校教育最成功和最有弊病的地方。西方人性的培养则是宗教的，虔诚地信奉未来的世界和幸福，但是，最让人性完美的审美却都被遮蔽了。而我竟然意外地从梅子的文字中发现了在伦理的维度之外，一个教育工作者居然具有如此审美的精神纬度，这对于孩子的成长来说，是一种多么大的幸福！

虽然，梅子一个人无法彻底承担起让孩子于伦理的规范之下，用美丽的话语和文字灌输审美的精神，但是，毕竟梅子可以尽她的最大努力向这方面靠拢。对于这群孩子来说，无疑是一种莫大的幸福。

一直到现在，学界还在坚持文学的精神救赎功能。读完梅子《风中的童话》，本来，我很想对梅子重复上述这个观点的。因为，从十五年前走出大学校门开始，我就几乎没有看过纯粹的文学作品，尤其是浪漫迷离的散文和小说，迫于学习专业需要，整天折腾空洞的哲学理论，时间长了，竟然对于一切纯粹的文学读物不感兴趣，没有想到，偶遇梅子的文字，也就打破了我十五年来不读美文的习惯。而且，我读这些文字大都在这样的午夜，本来已经是非常疲惫的时候，但是，我很喜欢读梅子的文字，也发觉文学真的可以救赎精神。

现在，与其说故事结束了，不如说梅子太累了。一个生活在繁琐的工作中保持金子一般心灵境界的普通教师，需要好好休息一段时间。我不着急没有梅子文字的日子。因为，我估计在马上开始的寒假中，我会继续读到梅子的文字。

亦弱亦强马玉梅

江苏　冷学宝

知道马玉梅，是在《教师博览》首批签约作者名单里，但不知其为何方人氏，也不知她是怎样一个的女子————在我的印象里，叫"梅"的大多是女子，而叫"玉梅"的则铁定无疑是女子。

《江苏教育研究》专题版将我的《四个插班生》"公示"出来，请各路高手"斧钺"。于是，我看到了"梅子"的两个跟帖。等到江苏教育研究网站上公布了2011年《江苏教育研究》3C的目录之后，我还是没有将《非常学生，需要寻常对待》的作者马玉梅和跟帖的梅子联系到一起。

不过，我还是想早一点读到《非常学生，需要寻常对待》的。我想看一看他人的评价。于是，我上网搜索了一下，并在"梅子浅笑"的博客里留了言，说自己想先读一读这篇批评文章。坦率地说，这个时候，我的心是忐忑着的。我不知道这个梅子是不是那个马玉梅。很快的，收到了梅子发来的文章。就这样，马玉梅和梅子在我这里划上了等号。

读《非常学生，需要寻常对待》，我发现我们对教育的理解是相同的，对学生的热爱是一致的。而随着对梅子更多文字的阅读，我知道，梅子不光文字秀雅可餐，而且心性特别颖慧。

我向来既不更新自己的博客，也不阅读别人的博客。但梅子的博客，我是经常浏览的。梅子的文字，细腻中有质感，简约里藏深意，不光赢得了女性同胞的喜爱，也让我这个粗蠢的乡下老汉，常常是读有所得，思有所悟。

2011年7月底，我正在胡乱地翻腾些文字，忽然收到了梅子的短信，说心田兄在连云港，将要去徐州，还告知我她的先生要宴请远道而来的客人，问我能否到港城与心田兄同聚。我向她讨了方先生的电话。我的意思是，如果方心田先生能不惧舟车劳累，屈尊到新沂和我一聚，我也就不去连云港了。结果，方先生极爽快地答应了。我们约定8月1日在新沂相见。于是，我婉拒了马玉梅的邀约。

其实，马玉梅夫妇宴请方心田先生的那一天，我正在连云港。而宾主把酒话文章的那个时段，我正路过晶都回家。那个时候，我以为方心田是个严肃的主编，马玉梅是个孤傲的女子，心里有一种本能的疏离感，也就没有在中午请他们一道进餐。这个自以为是的判断，让我对方心田先生的了解，延迟了两天，而我和马玉梅的相识，更是被推迟了五个多月！

新沂一聚，让我知道了方心田有多么可爱！

席间，方先生自然提到了马玉梅和她先生的宴请：除了马玉梅，大家开怀畅饮；包括马玉梅在内，宾主尽欢。而心田先生对马玉梅的评价是：林黛玉一样娇弱的女子。从此，在我的印象里，马玉梅就成了"弱柳扶风"的代名词。

然而，"林黛玉"的诗心和慧情，还有她别开洞天的坚强，又是我所钦敬的。也正是受了心田先生那简短评价的启发和鼓励，我才斗胆将自己的一篇文字发给她看,请她批评的。

忙得不亦乐乎的马玉梅不光挤时间看了,而且说出了自己的感想。她的赞赏之词不光满足了我的虚荣心,也促使我做出了一个决定:将中篇改成长篇;打造一部在自己看来算得上是精品的小说。即使劳而无绩,也绝不后悔。套用马玉梅的句子:"进退在我",成败由它。

从此,开始了生命意义的另一种追寻。当然,我这样做,也可以说是将失落的梦想再度拾起。用小说的形式写一部教育的论文,也许不是我的能力所能达到的。但堂吉诃德即使失败了,英雄的梦想毕竟也曾在他的心间萦绕过。为教育而鼓,为教师而呼,为生命争尊严,我坚信自己的努力即使如长风掠过天空,不曾留下一丝印痕,也不是没有价值的。要知道,风儿的使命,就是打天空吹过。

将自己陷在长篇之中的时候,从方心田先生那里得知《教师博览》要在苏州开重点作者会的消息。我将这事告知了马玉梅。两天后,马玉梅说自己也收到了会议通知。我们约好会上相见。

2011年12月1日下午,到达位于苏州工业园区的格林豪泰酒店时,我才知道,我是参加会议的作者中第一个报到的。刚一见面,心田先生就告诉我,马玉梅很快就到。

然而,见了面,我却有些失望。即使有了林黛玉作为参照,我还是觉得一个人不该这么瘦的。尽管从她的文字里,早就知道了她有挑食的习惯,可我还是觉得她瘦弱得没有道理。我想,她对我的失望也应该是对等的:一个人,怎么可以如此憔悴?

面对面的交流竟是意想不到的拘谨。这也导致了我们的交谈只能在短暂和浮泛中结束。打那以后,不管是用餐,还是听课,相逢时,我们总是仓促一笑。

2日的评课可谓刀光剑影,自然也是精彩纷呈。而在专家们就课堂教学和语文教育侃侃而谈,或者说是大加挞伐的时候,马玉梅一直洗耳恭听，像是还在记录着什么。而在姜广平先生使用"话语霸权"，"强势"要求"才女"发言的时候，马玉梅说出来的话，却只能用叫人用大跌眼镜来描述。她说，听了史老师的课，忽然觉得人生那样遗憾，自己没有上过高中，竟不知高中的课堂是这样的，该错失了多少深厚而美好的阅读！最后，"保证"回去之后一定要通读高中教材。这唯一游离于"挞伐"之外的发言让我有些意外。以我的笨脑筋去想，将史金霞老师的课"鱼肉"一回，虽然不能表明我们比金霞妹妹的水平更高，但至少可以说明我们懂得语文啊。哪怕不想违背自己不愿"鱼肉"他人的意愿，说两句大而无害的话，也比展示自己的"短板"要给力、抓面子啊。这个马玉梅，真乃"不识时务"一女子也。

然而，正是在美妙的时刻说出并不美妙的话来，却让我对马玉梅刮目相看。在"有水平"的缤纷议论中说出"没水平"的话来，让我看到了一个女子的真性情和大勇气。而她无意之中情感的自然流露，不光让我看到了一颗柔弱之心的高贵，更让我认识到，一个普通人原来也可以拥有强大的灵魂。

3日的游览进一步印证了我的判断。在寒山寺的东门外，论及文章时，马玉梅说到了真文字里的真性情。与姜广平君的讨论，让我领教了作家如何了得，才女怎样出众。

在平江路漫步，马玉梅终于放下了她的最后一点矜持，不时地按动相机，记录着现代都市里难得一见的秀丽风光。指尖按下去的那一瞬间，她也成了苏州城里的一道风景。

4日一早离开苏州的时候，我和马玉梅单独相处的时间没有超过十分钟，我们说过的话加在一起也不过寥寥数十句，然而，这并不妨碍我对一个钟情教育的人的理解。当然，我更知道，我们这些尘世里的匆匆过客，之所以能够聚在一起，是因为我们对文字的共同热爱。

因为文字，我们走到了一起，在苏州这座美丽的古城渡过了人生中一段华美的时光。因为有了文字的支撑，我们在变得心性高傲时还理直气壮，至少，我们不会愿意去做"尘世里的俗客"，更不可能苟且地活着。当然，在文字的影响和浸润下，我们尽管看起来很弱小，但同时，我们又可以变得异常强大。譬如马玉梅。